Confidences à Allah

Saphia
AZZEDDINE

Confidences
à Allah

ROMAN

À mon père,
iconoclasse et visionerf.

Tafafilt c'est la mort et pourtant j'y suis née. Je m'appelle Jbara. Il paraît que je suis très belle mais que je ne le sais pas. Ça me fait une belle jambe à moi d'être belle. Je suis pauvre et j'habite dans le trou du cul du monde. Avec mon père, ma mère, mes quatre frères et mes trois sœurs.

Ça baise comme des salauds chez les pauvres, parce que c'est gratuit.

De toute façon, personne, à l'époque, ne m'a jamais dit que j'étais belle. On ne dit pas ces choses-là chez moi. Ce n'est pas quelque chose qui compte, la beauté, à Tafafilt, ça ne rapporte rien. Surtout on ne sait pas ce qui est beau ou ce qui ne l'est pas. Mon père serait incapable de vous dire si je suis belle, ma mère aussi. Ils diraient tout au plus : « C'est une fille travailleuse, Jbara ! » C'est une notion de riche, la beauté. Moi, pour l'instant, je suis travailleuse, on va dire. On n'est pas très éduqués dans mon bled. D'ailleurs on ne m'a jamais éduquée, on m'a juste gueulé dessus, bousculée et interdit des choses. Oui, interdit d'abord. Tout est haram[1] chez nous. Même moi je suis haram mais ça non plus, je ne le sais pas.

Il me pénètre et moi je ne pense qu'à mon Raïbi Jamila, un délicieux yaourt à la grenadine qu'on boit par en dessous en faisant un petit trou. Je me doute que ce que je fais, c'est haram. Déjà, on se cache. Vu qu'il n'y a rien à Tafafilt, je me dis qu'Allah ne me voit pas... avec un peu de chance... qu'Il n'est pas là même s'Il est partout. Je ne pourrais pas Lui en vouloir de regarder ailleurs. Je ferais pareil si c'était possible.

Il pue mais comme je pue aussi au final ça s'annule, on sent bon. Je regarde les yaourts, le paquet de biscuits au chocolat et les chewing-gums dans le sac en plastique. Lui, il gémit comme un porc. Il a vraiment l'air idiot. Heureusement, il est derrière, je ne le vois pas trop. Sauf un jour, je me suis retournée, et il faisait une tête à mourir de rire. Alors j'ai eu un fou rire mais ça ne l'a pas gêné, il a continué à me baiser comme un chameau en transpirant des couilles.

Chaque fois qu'il termine, j'ai comme du lait tourné qui coule entre mes cuisses. Après ça sèche dans mes poils, c'est désagréable. J'ai 16 ans et je ne sais pas qu'on dit du sperme. J'ai mes références à moi. On est pauvres chez nous, le lait qui tourne, on

---

1. Péché.

connaît. Mais je m'en fous. J'ai mon Raïbi Jamila. Pour moi c'est le summum du plaisir. C'est rose, c'est sucré. Ça me fait sourire instantanément. Lui, il s'appelle Miloud, il est marron, il est amer, il me débecte. Un jour, en le suçant, j'ai reniflé le pli de ses couilles et j'ai failli vomir. Je crois que j'aurais préféré manger du caca. Ensuite, comme à chaque fois, il remet son slip avec un trait marron et son pantalon troué de partout et il part vers rien au loin. Moi je remets ma culotte, une espèce de morceau de coton tout distendu avec une petite croûte blanchâtre au niveau du sexe.

Arrêtez de faire « bah ! ». Je ne vais pas mettre de la poésie là où il n'y en a pas. Je vous dis que je suis pauvre. La misère ça pue du cul. Et le cul de Miloud, il n'a jamais connu l'eau. Il s'essuie avec des cailloux et se sèche avec du sable. C'est un berger, il habite dans un bled à une cinquantaine de kilomètres de chez moi. Il passe de temps en temps faire du commerce avec des mecs comme lui. Et se faire du bien avec moi.

Un jour, ma mère la pauvre elle m'a dit que ce qu'il y avait de plus haram dans la vie, c'était de ne plus être vierge. Son père le lui avait dit. Son mari le lui avait confirmé. J'aurais tout fait pour ne pas décevoir ma mère, mais le Raïbi Jamila l'a toujours emporté sur tout. Je crois bien que même sur Allah ça l'emportait. Je ne compare pas Allah à un Raïbi, ça n'aurait aucun sens, je dis juste que le Raïbi ça a un bon goût sucré et que Allah jusqu'à présent il me laisse un goût doux-amer...

Parce qu'il faut toujours Le craindre. Mon père, dès qu'il m'en parle, c'est pour me dire qu'Il va me châtier si je fais encore des conneries. Un jour j'ai juste dit devant lui qu'il faisait trop chaud et que c'était pénible : eh bien il m'a flanqué une baffe. Dans sa logique, à ce con, comme c'est Allah qui fait le temps, j'avais blasphémé. Maintenant, vous avez une idée de qui est mon père. C'est un ignorant et il l'ignore. Un vrai cancer à lui tout seul. Il ne sait que gueuler et de préférence sur les gonzesses. C'est un pauvre, mon père. Et c'est un con. C'est un pauvre con.

Je Lui en veux un peu à Allah de m'avoir laissée pourrir dans ce trou à rats. À droite il y a des montagnes, à gauche il y a des montagnes. Et au milieu il y a nous, notre tente en peau de chèvre et notre troupeau de brebis. C'est moi qui m'en occupe. Je les aime bien. Elles sont gentilles et très mignonnes. Je leur gueule dessus aussi mais c'est parce que je ne sais pas parler normalement. Ça gueule tout le temps chez moi. Sauf quand mon père n'est pas là, il y a du silence. Il est souvent chez le fkih du village voisin. Un fkih, c'est – comment dire en restant polie ? – c'est... c'est comme un imam. Non, pas du tout. Jamais. Ce n'est pas juste pour les vrais imams. Non, un fkih c'est en général le plus idiot du village qui ne veut pas bosser pour de vrai alors un jour il décide de devenir imam. Enfin, c'est eux qui s'appellent comme ça. Un vrai imam, normalement, c'est un type bien qui ne fait rien de mal. Il faut y aller pour représenter Allah sur terre, il faut être sacrément à la hauteur. Les fkihs, eux, en général ils ne savent ni lire ni écrire. Et la plupart du temps ils puent des pieds. Ce sont des dangers publics qui bouffent gratos, qui vivent à l'œil sur le dos des pauvres et des ignorants. De vrais enfoirés que tous les pauvres gens respectent et craignent, en plus. Mon père le premier.

Le fkih, ce fils de pute, il lui a dit que la chose la plus haram du haram c'est de ne plus être vierge. Décidément ! Dans l'absolu, moi je ne vois pas ce que ça change d'être trouée ou pas, mais apparemment ce trou-là est au centre du monde depuis des milliers d'années. Ça obsède tous les bonshommes. Et c'est même pas le leur, bordel !

En tout cas, un jour Miloud il m'a dit qu'il ne la rentrait pas tout à fait et qu'on n'était définitivement plus vierges que quand on perdait tous ses poils d'en bas. Alors je me suis mise à bien regarder tous les jours. Ma touffe était toujours là. Je ne sais plus si j'ai vraiment cru Miloud ou si ça m'arrangeait de le croire. Je vous le dis franchement. En même temps, personne ne m'avait jamais expliqué ces choses, tout ce que je savais c'était qu'autour du triangle des Bermudes, c'est haram. Dans ma famille, parler de ça c'est tabou. On préfère ne rien dire. C'est plus simple d'interdire. En fait, je crois que c'est tabou de parler tout court dans ma famille. Si on ne parle pas, rien ne change et si rien ne change, c'est mieux pour les peureux.

J'étais chanceuse d'avoir des biscuits au chocolat et des yaourts pour si peu de dérangement. Mes frères et sœurs ne connaissaient pas le goût du Raïbi Jamila. Je ne pouvais pas leur en donner, comprenez-moi, ils se seraient demandés d'où ça venait et j'aurais dû leur dire que c'est en baisant avec Miloud que je l'avais eu. Ce serait mal passé, n'est-ce pas ? Tandis que moi, baiser avec Miloud, ça ne me choquait pas plus que ça, je le faisais, c'est tout. Pardon peut-être.

Il s'en va sans se retourner, comme à chaque fois, et moi je bois mon Raïbi Jamila à pleines gorgées sans le regarder. Miloud, il a des dents marron, tordues, avec des restes de lentilles dans les trous au fond, il a des mains rêches avec de la crasse incrustée à vie dans les ongles et un turban bleu autour de la tête. Aujourd'hui, je peux dire qu'il n'est pas beau, mais à l'époque je ne sais même pas qu'un jour je pourrai me poser la question. Il est, c'est tout. Aujourd'hui je préférerais me rouler dans une flaque de pus plutôt que de relécher les couilles de Miloud. Mais à l'époque je le fais pour un yaourt à la grenadine. *Raïbi Jamila la la la la… Lu yaurt cu li z'enfants ils z'adorent !* J'ai vu la pub après à la télé et je me suis dit que j'avais bien de la chance de manger un truc qui passe à la télé. J'ai eu l'impression d'exister, d'avoir un lien avec les passants dans la rue, ça faisait bizarre.

Pour l'instant, je suis une bergère à Tafafilt et je ne connais rien d'autre. Mes brebis sont tout ce que j'ai. Non, j'ai ma mère aussi. Je l'aime, ma mère. Enfin, je ne suis pas sûre de l'aimer comme les autres gens aiment. Avec des sentiments et tout. Moi ma mère je l'aime parce qu'elle me fait pitié. Elle baisse toujours les yeux et marmonne dans sa barbe comme une folle. Parfois, elle récite le seul verset coranique qu'elle connaît et parfois elle parle à ses carottes. Elle met des oignons dans tous les plats ma mère, pour pouvoir pleurer en paix. Elle est toute courbée parce qu'on habite sous une tente. Le plus dingue pour moi, c'est qu'elle supporte mon père. Mon père est un gros connard. Il y a plein de choses que j'ignore, mais ça je l'ai toujours su. Je déteste tout chez lui. J'ai beau essayer d'avoir pitié de lui, je n'y arrive pas. Je me suis réjouie quand il s'est fait tabasser par un autre berger pour une histoire de brebis impayées. J'ai aimé qu'il soit humilié par terre à jurer sur son honneur qu'il se vengerait. Mais ferme ta gueule. Qui te permet de parler d'honneur ?

Je sais que je suis injuste, il n'y est pour rien lui, ce n'est qu'un con, mais il faut bien commencer par en vouloir à quelqu'un sinon moi j'existe quand et comment ? Lorsqu'il parle, il a du blanc au coin des lèvres. Ça, ça me dégoûte et pourtant je pue hein, je le sais. Mais lui je ne l'aime pas, je le dis en toute objectivité. C'est désolant mais c'est comme ça. Il suit à la lettre tout ce que le fkih raconte, c'est agaçant à la fin.

Ah, ils en savent des choses, les cons !

— Et cet homme du village de Bti Kheir mourut le vendredi après la prière du soir, il fut enterré, que Dieu ait son âme, le lendemain. Tout le monde avait vu qu'il était mort, il avait commencé à bleuir. Trois jours après, sa veuve alla ouvrir la porte d'entrée et qui ne vit-elle pas ? Son mari ! Eh oui ! Son mari lui était réapparu, que Dieu me tue si je mens, qu'Il m'en soit témoin ! Sa femme s'évanouit puis, revenue à elle, son mari commença à raconter à tout le village ce qu'il avait vu sous la terre...

Ma mère demandait la suite avec empressement, pendue à sa bouche pourrie. Et mon père répondait :

— Eh bien je n'avais pas assez sur moi mais Inch'Allah demain je saurai...

Le lendemain il emportait une brebis pour avoir la fin de l'histoire. De cette histoire à la con. Quel gâchis ! Vous comprenez pourquoi je le hais. C'était les seules fois où il parlait calmement et où il utilisait le passé simple dans ses phrases. Il ne le savait pas, il répétait seulement. Je vais vous épargner la fin de l'histoire mais en gros, Dieu avait dit à ce mec qu'il fallait que les femmes portent le voile et couvrent leurs chevilles et ferment leurs gueules et restent dans la cuisine et... Voilà ce que l'homme avait entendu sous la terre. Ma brebis était morte pour ça. Et mon père y croyait et ma mère aussi.

Moi j'écoutais d'une oreille et je me tapais la tête par terre, de rage. Pourtant je suis née ici et je n'en suis jamais sortie. Mais c'était plus fort que moi, j'étais la seule à trouver ces histoires débiles et à ne pas avoir peur de le penser. Le dire n'aurait servi à rien.

On dîne tous dans le même plat chez nous et notre cuillère c'est notre pouce. On mange souvent des lentilles, des flageolets, des patates avec des bouts de gras. Après on boit du thé avec du pain sec qu'on trempe dedans.

Et après, deux fois par semaine, je regarde le car passer. Il passe une fois le mercredi dans l'après-midi et une autre fois le samedi quand il fait nuit. Je n'en ai jamais raté un. J'ai vu des milliers de silhouettes aller vers quelque part. Plus d'une fois j'ai rêvé que c'était moi. Que j'allais vers la grande ville. Et puis ça s'arrêtait parce que j'ai du mal à m'imaginer la grande ville. Je sais juste que c'est tentant. D'abord, c'est grand. Et comme le fkih dit toujours que la grande ville c'est haram, moi j'aimerais bien voir...

Quand le car se fait entendre je sors ma tête de la porte d'entrée en peau de chèvre. Je vois des silhouettes endormies, d'autres qui bougent. Ils partent. Peu importe où. Ou peut-être qu'ils reviennent. Souvent, je me suis dit qu'un jour, je me jetterais sous les roues du car pour qu'il s'arrête et que je puisse voir un peu dedans comment c'est. Pas plus. Simplement voir des gens qui bougent d'un endroit à un autre. Mais après je me disais que je pourrais aussi mourir sur le coup et que je ne verrais rien du car et de ses passagers, que je verrais juste plus vite les flammes de l'enfer qui brûleraient ma petite chatte pour tout le mal qu'elle a fait. Mais est-ce qu'on en parle, du bien qu'elle a fait ? Non. Pourquoi ?

Quand une voiture ou un camion passe sur la route qui relie Zarfhir à Belsouss, c'est souvent de la contrebande ou des taxis collectifs. Ou alors c'est des touristes.

Un jour, il y en a qui se sont arrêtés et qui sont venus jusque chez nous. Ils parlaient une autre langue et ils avançaient tout doucement avec un drapeau blanc. C'était des Américains. Mon père est sorti en gueulant, évidemment, puis il s'est courbé comme une merde fraîche quand il a vu le billet. C'est qui la pute au fond, moi qui m'écarte ou lui qui se courbe ? J'ai été à bonne école, il faut croire...

Ils ont pris des photos avec nous, ont tapé dans les mains et ont dit choukwane[1] mille fois. Les enfants ont joué avec nos lapins et nos brebis. Tout le monde rigolait. Moi aussi. Je m'en veux d'avoir ri ce jour-là. Bien plus que d'avoir baisé pour du Raïbi Jamila.

---

1. Merci.

Pourquoi j'ai ri ? Parce que mon père riait. Mais pourquoi il riait ? Parce que les touristes riaient. Mais pourquoi ils riaient les touristes ? Parce qu'ils nous trouvaient drôles. Du bétail tout habillé, ils devaient se dire. Ils boivent de l'eau dans des peaux de chèvre, se lavent les dents avec des bâtons de bois et se tatouent le visage sans que ce soit à la mode. Alors ils nous donnaient de l'argent et on les laissait rire de nous.

Une des femmes, elle appelait son chéri « Babe, Babe ! ». Babe ça veut dire porte chez nous. Donc, elle l'appelait « Porte, Porte ! ». Ça, c'est drôle. Il faut vraiment être une connasse pour appeler son chéri Porte ! Mais bon, c'est trop tard pour répondre.

Et puis ils sont partis chez eux avec plein de photos. Et moi je reste chez moi avec plein de souvenirs. Pas forcément mauvais mais pas bons non plus. Et mon père qui me gueule dessus. Et ma mère qui m'appelle sans arrêt.

— Jbara !

Ah oui, il faut débarrasser les gamelles et faire la vaisselle. Comme tous les soirs depuis quinze ans. J'y vais, je débarrasse avec ma mère. J'ai vraiment de l'admiration pour elle. Elle n'a pas de Raïbi Jamila qui l'attend avant de s'endormir. Elle fait tout ça pour aucune récompense. Attendez... Et si ? Non... Enfin qui me dit que ?... Mais non. C'est ma mère quand même, c'est une sainte, elle ne fait pas ces choses-là... Non, ma mère a bossé toute sa vie, d'abord pour son père, ensuite pour son mari, un point c'est tout. De toute façon elle ne quitte jamais la tente donc voilà, c'est impossible qu'elle ait un Miloud elle aussi.

Après la vaisselle, je ressors comme toujours me balader près de la tente pour regarder les étoiles et boire mon yaourt à la grenadine. Et manger mes deux biscuits au chocolat. C'est ça qui me fait tenir. Ma récompense. Putain, quand je pense à la récompense de ma mère... Mon père, la belle affaire !

Je rentre sous la tente, les enfants dorment, mon père aussi. Ma mère fait sa prière. Comme elle a des problèmes de dos, elle reste agenouillée. J'aimerais bien savoir ce qu'elle dit à Allah. Franchement, de quoi elle peut Le remercier ? Elle ne peut que demander des choses. Mais quoi ? Elle ne connaît rien. Ah oui, une fois je l'ai entendue demander de la viande plus souvent. Un jour, je lui ai posé la question. Elle m'a dit qu'elle Le remerciait pour la santé et qu'elle récitait des louanges Le glorifiant. Elle n'a pas osé me dire qu'elle avait demandé de la viande.

Je m'éloigne un peu et moi aussi je fais ma prière. Je ne peux pas m'empêcher de parler du concret avec Allah. De ma réalité.

— Merci Allah pour la santé, celle de ma mère, de mes frères et sœurs, merci pour... euh... mes brebis... merci pour tout quoi, et je veux Te dire que Tu dois être très beau et très miséricordieux et très glorieux aussi, Allah. Mais quand même, pourquoi Tu m'as laissée là ? Tu trouves que c'est une vie, Tafafilt ? C'est quoi ma valeur ajoutée en tant qu'être humain ici ? Allah je T'en supplie fais qu'il se passe quelque chose dans ma vie ! Merci Allah. Tu es très beau, très miséricordieux et très glorieux. Amine[1].

Ensuite, j'attends patiemment parce que je sais qu'Il est subtil Allah, Il ne va pas changer ma vie dès que je Lui demande, ce serait trop évident qu'Il existe et on n'aurait plus de mérite à être croyant.

Par contre Miloud, je n'ai pas à l'attendre. Il est là le lendemain à la même heure, avec son sachet de plastique bleu et mes Raïbi Jamila dedans.

Raïbi. Raïbi. Raïbi Jamila la la la la… Lu yaurt cu li z'enfants ils z'adorent !

J'ai toujours mes poils. Tout va bien.

Il ne se passe rien.

---

1. Amen.

Le lait tourné de Miloud a tellement collé que j'ai du mal à séparer mes cuisses. Ça tombe bien, c'est le jour du bain. Je prends mes affaires propres, ma petite bassine jaune, mon tabouret, le savon et une serviette plus rêche que les mains de Miloud. Je nettoie mon entre-jambe. Je me sens encore plus vierge qu'avant.

Mon grand frère m'observe derrière le talus, il croit que je ne le vois pas. Je ne comprends pas pourquoi il se tortille dans tous les sens en donnant des coups à son zizi. Peut-être qu'il est juste idiot lui aussi. Je brosse mes longs cheveux avec ma petite brosse ronde en plastique, les enroule dans un foulard propre pour ne pas attraper froid ce soir car le temps est changeant.

De retour vers la tente, j'ai la nausée. Je vomis. Pourtant je n'ai rien mangé de diffé-rent hier, bout de gras et couscous au beurre rance. Ma mère vient vers moi et me demande de me dépêcher de vomir : je dois l'aider à la cuisine, le fkih vient manger. Ah non, pas lui !

Il est là, assis en tailleur, à se faire lécher le cul par mon père qui boit son venin comme de l'eau de zem zem[1]. Ma mère prépare le thé, ça y est, les deux porcs sont rassasiés et aucun des gosses n'a eu droit à un morceau de viande.

Ma mère sert le thé. Mon grand frère amène une brebis et l'offre au fkih. Mon corps se raidit et me trahit :

— Non !

Tout le monde me regarde, effaré. Il faut que je me rattrape.

— Pas elle je veux dire...

En fait je veux qu'aucune de mes brebis ne finisse chez ce fils de pute. Mais mon père me fusille du regard et je laisse tomber. Je dis même :

— Elle n'est pas assez grasse pour notre bienfaiteur...

Oui, je sais... ce n'est pas très digne mais sinon je me serais fait tabasser. Je n'avais pas envie.

De nouveau je suis prise de vomissements. Je cours me vider dehors. Dieu n'existe pas, je crois. Il n'a rien changé à ma vie. Ce n'est pas un ultimatum, je n'oserais pas, mais quand même je ne crois plus en Toi. Je n'en fais pas une affaire personnelle mais à un moment il faut arrêter les conneries. Je ne crois pas T'avoir demandé la lune. Juste que

---

1. Eau bénite.

quelque chose se passe dans ma vie, qu'une fois au moins je sois à la croisée des chemins et que je doive choisir. Faire un choix ! Ci ou ça ?

Tu m'as ignorée, Allah. C'est injuste. Tu vois, je n'arrive même pas à ne plus croire en Toi. Si ça ce n'est pas de la foi ! Tu m'as dit : « Ne parle pas de ta foi, laisse la foi parler de toi. » Eh bien je la transpire, la foi. C'est bien connu, on finit par aimer ses tortionnaires. Oui, Tafafilt c'est de la torture et Tu m'as posée là. Et en plus je devrais dire merci. Tu es d'accord ? Ça n'a pas de sens.

Mon ventre a grossi. Pourtant je vais aux toilettes normalement. Mes poils sont toujours là donc je suis encore vierge.

Il est 16 heures environ. Je promène mes brebis. Le car de Belsouss passe. Je me redresse. Il est plein à craquer.

Une valise tombe.

Boum.

Le car ne s'arrête pas.

Merci, Allah. Oh la la, merci !

Je n'ai jamais cessé de croire en Toi, Tu le sais bien.

Mon Dieu, merci Allah, merci vraiment !

Je cours vers la valise, mes brebis me suivent alors je me retourne et je les menace avec mon bâton. Elles reforment leur cercle et n'avancent plus.

La valise est rose, comme le Raïbi, c'est bon signe. S'ils font demi-tour, je ne la rendrai pas. Ça c'est mal mais j'assume.

Elle est rose avec des roulettes et dessus il y a écrit *J'adore Dior*. Quelle drôle de valise. Il n'y a ni corde, ni scotch ni bouquet de menthe qui dépasse. C'est une valise d'ailleurs, ça se voit. Personne ne me regarde mais je n'ose pas l'ouvrir. Je ne veux pas que ce moment se termine. Pourtant, il y a peut-être plein d'autres moments à venir dedans...

Allez, je l'ouvre. Waow ! C'est rose et ça sent bon l'Amérique. À Tafafilt, on dit « l'mirikan » pour se représenter tout ce qui est inaccessible. Vraiment tout. Ça brille. Il y a des habits, une trousse de maquillage, dessus il y a écrit *Mrs Clooney*. Il y a du gloss à la fraise diel l'mirikan, du gloss à la mangue diel l'mirikan et du gloss à la noix de coco diel l'mirikan. Pour la première fois, je comprends que je pue. Il y a aussi des jeans avec des cristaux qui brillent sur les poches arrière, des tops à paillettes diel l'mirikan, des talons compensés diel l'mirikan, des petits sacs de soirée diel l'mirikan, enfin tout l'attirail de la pute de base. Ça sent le haram à plein nez. Mais qu'est-ce que c'est bon !

Je mets le jean qui brille devant moi. Tip top la longueur. Je fouille dans les poches et j'en ressors une boule de papier. Oh mon Dieu, ce sont des billets de 200 ! Il y en a six. Oh mon Dieu. Ça fait au moins... au moins... Ça fait beaucoup d'argent tout ça.

Merci, Allah. Je m'en veux de T'avoir dit ces choses. Je devais juste être patiente. Je savais que Tu m'entendrais et qu'il se passerait quelque chose dans ma vie. Mais c'est au-delà de mes espérances cette valise diel l'mirikan. Tu les mérites Tes 99 noms. Je te jure.

Et il y a des strings. Des fuschia, des noirs, des rouges en dentelle. Il y a même un string avec des perles. Là je fais ma connaisseuse mais sur le moment je dois dire que je galère pour comprendre. Je n'y peux rien, je souris malgré moi. Je regarde à gauche, je regarde à droite. J'enlève ma culotte. Je mets le string perle. Comme ça fait bizarre. Ça rentre vraiment dedans. Idéalement, il faut être entièrement épilée pour porter ce genre de trucs mais je m'en fous, j'ai du l'mirikan dans le cul. C'est très étrange comme sensation. Ça fait même un peu mal. Les poils se prennent dans les perles.

— Jbara ! Jbara !

Merde, mon père !

— Petite sotte, viens aider ta mère, j'ai faim ! Allez !

Pourvu qu'il ne voie pas ma valise. Je me dis qu'il vaut mieux courir vers lui.

Oh mon Dieu qu'est-ce que ça fait mal, bordel ! Ça tire !

Le string se transforme en un véritable appareil de torture. Je cours en étouffant mes cris de douleur. Mon père me bouscule au passage. Je me mets à courir encore plus vite.

— Pardon papa, j'y vais, excuse-moi.

J'épluche des navets mais je ne pense qu'à ma valise. C'est incroyable ce qui m'arrive quand même.

— Tu as fait tes prières ma fille ?

— Oui maman mais pas encore celle du asr[1].

— Fais-les à l'heure Jbara sinon c'est haram.

Ça par exemple je sais que ce n'est pas Toi qui as pu dire un truc pareil, Allah. Qu'est-ce que ça change pour Toi qu'on fasse sa prière à l'heure pile ? Si on travaille pour de vrai, il faut s'arrêter pour aller Te louer ? Tu n'as rien demandé de tout ça, j'en suis sûre. Tu n'as demandé qu'une chose, c'est qu'on se bouge le cul nous tous ! Ça oui, je le crois volontiers.

Ma mère me fait signe d'aller prier. Avec ce string sur moi ? Ça, je trouve que c'est déplacé. Mais je n'ai pas le choix.

Je vais chercher mon petit tapis et je m'installe au fond. Je prétexte que j'ai mal au dos pour ne pas avoir à me prosterner. J'ai le cul en sang, je crois bien. Je fais ma prière en récitant un verset mais je ne pense qu'à ma valise et à tout ce qu'il y a dedans.

---

1. Prière de l'après-midi.

Merde, j'ai tout dégueulassé mes pompes. Je n'arrête pas de vomir. Qu'est-ce qui m'arrive, bordel ?

Il m'arrive que je suis enceinte. Mon ventre a grossi d'un coup. Je voulais qu'il se passe quelque chose, mais pas ça. Ça c'est la mort, c'est ma mort. Si on n'est pas mariée, on est reniée.

Je suis à terre. Je reçois des coups dans le dos, d'autres dans les mollets. Machinalement, je protège mon ventre. Pourtant c'est lui qui m'a tuée.

— Tu nous déshonores espèce de traînée, tu ne peux plus rester ici ! Va-t-en immédiatement petite pute, fille du diable, pécheresse !

Allah, je n'en demandais pas tant.

Je m'éloigne en traînant derrière moi ma valise rose à roulettes. Je ne réalise pas vraiment ce qui m'arrive. J'ai une trouille noire. Je sens que je vais devoir en faire plein, des

choix. Parfois c'est mieux quand rien n'arrive.
Vous allez me dire qu'il faudrait savoir ce que
je veux. Eh bien, je n'en sais rien. Je voulais
voir à quoi ressemble quelque part, je vais
m'en gaver.

Le bus arrive derrière moi. Je lève la main.
Il ralentit. Même pas besoin de me jeter sous
ses roues. Le bonheur. Presque. Je paye mon
billet et vais m'asseoir plus ou moins au
milieu, près d'une vieille dame qui me laisse
la place à côté de la vitre. Elle se racle la
gorge toutes les trois secondes. C'est éner-
vant. Le car redémarre.

— Khkhhkkhhkhkkh !!

Elle avale.

Je pleure.

J'y suis, dans ce putain de car, et je ne
le regarde même pas. Les gens dedans me
ressemblent. Ils puent la misère comme
moi.

Mais comment une valise diel l'mirikan a
pu tomber d'un car aussi pouilleux ? C'est
très étrange. Vraiment. Ce n'est même pas
étrange, c'est impossible. Mais pourtant c'est
arrivé. Donc c'est Allah.

Peu importe, j'ai un bébé dans le ventre,
je n'ai plus de famille ni de toit et apparemment je suis dans le top five du haram. De
toute évidence, je ne suis plus vierge, même
si j'ai tous mes poils.

Le car fait une pause à Tendaba. Le chauffeur descend prendre un café. Moi je préfère

rester assise et ne pas bouger. Un homme vient vers moi.

— C'est à toi la valise rose ?

— Oui.

— Comment ça se fait ?

— Comment ça se fait quoi ?

— Comment ça se fait que tu aies une valise comme ça ?

— C'est pas tes oignons je crois.

Je dois montrer que je n'ai pas peur.

— Il y a six mois y'a un couple d'Américains qui est monté dans ce car parce que leur 4 x 4 avait crevé. C'était des riches et la fille arrêtait pas de se plaindre. Elle croyait qu'on comprenait rien alors elle nous insultait. Mais moi je parle un peu l'mirikan et j'ai pas aimé ce qu'elle disait. Alors j'ai jeté sa valise.

— Tu l'as jetée ? Mais comment ?

— Je voyage sur le toit moi, je m'occupe des bagages. Je pensais pas la revoir celle-là. Qu'est-ce que tu fais, où tu vas ?

— Je sais pas... je verrai... Qu'est-ce que tu veux ?

— Moi ? Je veux rien. C'était pour parler, c'est tout. Bon, au revoir.

— Comment ça se fait que tu parles l'mirikan ?

— J'ai vécu en France mais je suis rentré et là-bas j'ai appris un peu des langues...

— Pourquoi t'es rentré ?

— Quitte à faire la bonne, autant la faire dans son pays.

J'aime bien sa remarque. Mais je n'ai jamais parlé à un inconnu. Je préfère lui dire :

— Au revoir.

Il me répond :

— Au revoir...

Je lui demande :

— Et ça c'est ton métier ?

— Ben oui...

— Bon, au revoir.

— Au revoir... Au fait je m'appelle Khalid.

— D'accord. Au revoir.

— Au revoir.

Mon Dieu, c'est la première fois que je parle à un homme. J'étais ridicule, super-agressive. J'ai dit au revoir vingt fois comme une conne. Et j'ai été méchante. Pour rien en plus, il était gentil. Mais quand on ne connaît pas, il vaut mieux aboyer, comme ça on est sûr d'encore moins connaître. C'est plus rassurant. Je devrais peut-être lui dire merci. Non, il va croire que je veux quelque chose. Bon, je verrai quand je descendrai.

Trois heures plus tard, j'arrive à la gare routière de Belsouss. Ça grouille de monde, je n'en ai jamais vu autant. Il y a des voitures, des deux-roues, des taxis, des camions, des mendiants, des gosses, de la crasse et moi. Je n'ose pas descendre du car, j'attends que ça se vide. Je descends. Je retrouve ma valise qui m'attend au pied du car. Khalid a déjà dû partir, je ne le vois pas. De toute façon j'aurais encore été nulle...

Alors je prends une direction au hasard et manque de me faire écraser à chaque pas. Je n'ai pas l'habitude. J'ai faim.

Des poulets grillent dans une vitrine. Ça sent bon. J'entre dans le restaurant. Je ne sais pas comment j'ose mais je ne me pose même pas la question. Je sais bien que je suis habillée comme une fille d'en bas et que pour eux je ne suis qu'une montagnarde.

Tout le monde se retourne sur moi. Je baisse les yeux. Il n'y a que des hommes et une famille avec une mère voilée. Forcément, moi toute seule c'est bizarre. Je m'assois sur un tabouret graisseux, pose mes coudes sur une table graisseuse et commande un tagine au gras.

— Faut payer d'avance ici !

Je sors un billet de 20 et là je lui en bouche un coin à ce con de serveur. Et je commande même un Pipsi[1].

Je n'en reviens pas de manger et de boire ce genre de choses, assise sur une chaise haute, avec des gens qui marchent autour et des voitures qui klaxonnent. Tout a un prix. Qu'est-ce que je vais faire après ma dernière bouchée ? Mange d'abord, je me dis.

Le serveur nettoie une table juste à côté de la mienne. Son chiffon gris sent mauvais.

— Qu'est-ce qu'une fille comme toi fait ici ?

---

1. Pepsi.

Je ne m'étends pas sur le comme toi. Comme toi, ça veut dire pouilleuse et misérable. Et il a raison ce salaud, c'est ce que je suis à cet instant. Je me sens seule comme la mort et pourtant tout le monde me regarde. Ça fait tellement mal de n'être qu'autrui et jamais quelqu'un.

— Y'a pas du ménage ici ?

— Ça dépend...

Comme je suis enceinte, je ne fais que le sucer. Il pue moins que Miloud mais ce n'est pas encore ça. Je ne respire presque pas. Il éjacule. Le lait tourné dégouline sur mes seins. Il zippe son pantalon et s'en va. J'ai une petite chambre au troisième étage et je fais le ménage tous les matins à six heures au Café Zitouni.

Je vomis. Je transpire. J'ai des contractions. Il est 3 heures du matin. Je marche péniblement dans les rues désertes de Belsouss. Des chiens sauvages viennent me chercher des noises mais ils comprennent tous seuls que ce soir il ne faut pas me faire chier. J'arrive sur le terrain vague que j'avais repéré. C'est désert comme prévu. Je me cale par terre contre le trottoir et je pousse. Je pousse. Je pousse. Putain de merde comme ça fait mal. Messieurs, imaginez une grosse crotte mais qui sortirait en large plutôt qu'en long. Multipliez cette douleur par l'infini. Et ajoutez-y du poivre. Voilà ce que je ressens. Même les chiens me laissent abandonner mon enfant en silence. Je n'ose pas dire tuer. Je veux croire que quelqu'un passera quand je serai partie. Je veux croire ça.

Ils ont le respect de la mort au moins, ces chiens.

J'avais tout prévu, ciseau et mouchoir. Je coupe. Il ou elle crie. Je m'essuie. Je ne regarde pas. Il ou elle crie moins. Je me bouche les oreilles. Je continue de m'en aller. Il ou elle ne crie plus. Je crie.

Les jours qui suivent sont sans intérêt, c'est le quotidien d'une presque mère qui a abandonné son enfant et qui essaie d'oublier. Elle n'y arrive pas alors elle pleure.

Très bof, prévisible à souhait. Passons.

La journée, j'ai beaucoup de temps libre. Parfois je passe devant les kiosques à journaux et je les feuillette quand je ne me fais pas engueuler par le marchand. Parce qu'évidemment je ne les achète pas, moi, les journaux. Un jour il y avait la photo d'une blonde dans un aéroport d'une grande ville et là j'ai bien failli m'évanouir, elle avait la même valise que moi. Elle aussi elle adorait Dior. Dans un autre journal, j'ai vu une blonde qui faisait toujours dépasser son string de sa jupe. Elle devait ressembler à ça, la fille américaine qui a perdu sa valise.

Quand je suis dans ma chambre, j'écoute souvent la radio. J'ai une radio. J'ai découvert l'émission de Mouhfida Ben Abess, « L'esthétique à un dimar », pour les femmes qui n'ont pas une tune, comme moi :

« Chéres zouditrices, ju soui Mouhfida Ben Abess. Bienevunu à l'imissio "L'istitique à un dimar" afin qu'la bouté nu soit plus lu privilège di femmes zézé ou di stars du Holly'wod. Nu pouvo zêtre belles avec pu du chouz i la nature i noutre milleur alliée alour su soir ju vi vous douner la rucette pour di chuvus soyeux et on pleine saneté coum Jinifer Anisto. Vu zachutez une gusse d'ail, du l'huile d'oulive i vu termini avec un masque du yaurt. I lu puti plus pour une coulouration à la Iva Loungouria, vu milangez un pu d'eau oussyginée i du sachi du nescafé[1]. »

C'est pour moi cette émission. Je suis pauvre mais je me regarde quand même dans la glace.

Je me sens pousser des ailes dans le dos, ça doit être l'air de la grande ville. Je vais me faire une couleur. Toute seule. Je cours acheter du nescafé et de l'eau oxygénée à l'épicerie mais, au moment de payer, je suis intriguée par un tube de crème miraculeuse. Sur la photo, on voit une Noire avec des cheveux frisés dégueus et sur la photo d'à côté, la même Noire mais avec des cheveux lisses et toute belle. J'achète.

---

1. Chères auditrices, je suis Mouhfida Ben Abess. Bienvenue à l'émission « L'esthétique à un dimar », afin que la beauté ne soit plus le privilège des femmes aisées ou des stars d'Hollywood. Nous pouvons être belles avec peu de chose et la nature est notre meilleure alliée alors ce soir je vais vous donner la recette pour des cheveux soyeux et en pleine santé comme Jennifer Aniston. Vous achetez une gousse d'ail, de l'huile d'olive et vous terminez avec un masque au yaourt. Et le petit plus pour une coloration à la Eva Longoria, vous mélangez un peu d'eau oxygénée et deux sachets de nescafé.

Je n'arrive pas à croire que je peux acheter des trucs aujourd'hui. Acheter, bordel !

Merci, Allah.

Je remonte les escaliers quatre à quatre. Je replace mon petit miroir tout rouillé au-dessus du lavabo et m'enduis les cheveux de la crème de la Noire. Ensuite j'ajoute mon mélange eau oxygénée et nescafé.

Il y a écrit *laissez poser vingt minutes*.

1, 2, 3, 4, 5, 6, 7, 8, 9, 10, 11, 12, 13, 14, 15, 16, 17, 18, 19, 20...

Ça a tout brûlé. Je coupe mes cheveux. Salope de Mouhfida. Salope de Noire.

La graisse de poulet ne m'effraie pas, je frotte pour de vrai et je fais toujours de mon mieux. C'est difficile parce que les chiffons sont plus gras que la bouffe mais bon, c'est mon travail. Un matin, le propriétaire est venu très tôt pour prendre la caisse de la veille. J'avais du gloss et les cheveux détachés sans mon foulard. Il a été surpris et m'a dit bonjour. Dans les yeux, pour la première fois. M. Bouab, on dirait une boule. Ses doigts ressemblent à de petites merguez et sa chevalière à un garrot. Il prend une longue mèche de cheveux qu'il rabat de la gauche vers la droite pour camoufler sa calvitie. C'est drôle quand il y a un coup de vent. M. Bouab est un riche. La boucle de sa ceinture est en or. En tout cas elle est dorée.

Son bonjour me donnait de la consistance. Je l'ai bien remercié celui-là.

Je ne suis pas à plaindre au fond. Je vends mon sexe contre une chambre et un petit salaire. Où est le mal ?

Ce soir, je choisis un string fuschia, un haut noir et une minijupe en jean. C'est bientôt l'heure. Je sors mon lizar[1] et je m'en recouvre entièrement. Pour éviter le regard des gens, je ne laisse sortir qu'un œil. Je marche librement, au-dessus de tous soupçons. Qui oserait croire que je fais la pute sous mon lizar ? Il est ma meilleure garantie. Seules mes chaussures pourraient me trahir. Mais personne n'ose regarder une femme voilée. On leur fiche la paix, aux femmes voilées.

Je me faufile dans les ruelles du souk, traverse les allées sombres et tel un fantôme j'entre dans une maison dont la porte était restée mystérieusement entrouverte. Le gros est allongé sur une banquette à tissu fleuri. Je laisse glisser mon lizar sur mes jambes pas épilées. Le gros gémit déjà. Je n'ai encore rien fait.

Ça a été très rapide, pas la peine de s'étendre dessus.

Je remets mon lizar, prends mon argent et m'en vais comme je suis venue, voilée. C'est mon espace de liberté ce lizar. En dessous, je fais ce que je veux. Moi j'ai choisi.

---

1. Drap avec lequel les femmes se recouvrent dans la rue.

J'allume ma radio :

« Chéres zouditrices, bienevunu à noutre imissio "L'istitique à une dimar". Ju suis Mouhfida Ben Abess. Oujourd'hui coument avoir d'oussi belles mains qu'Ounjilina Djouli ? Alour vu pruni un abouca i du l'huile d'argo, vu milangi lu tu i vu vu zon onduisi li mains ou n'insisto sur lu counetour di zongle i vu pussi li pou[1]. »

Je n'ai pas de grandes dépenses et je suis assez économe d'une manière générale. Enfin, il y a certains magasins où je n'ose pas entrer. Mais j'ai déjà de beaux habits, je mange les restes pratiquement tous les jours et ma chambre je l'ai pour une dizaine de fellations par mois. Je cache mon petit pécule entre mes culottes dans mes collants. J'ai économisé presque 1 000 dimars.

Merci, Allah.

Et puis, un jour, je récure les chiottes, Abdelkrim le serveur arrive par derrière et me dit :

— Ça te dirait d'aller travailler à Masmara ?

Je me retourne. Il n'a même pas son pantalon baissé.

---

1. Chères auditrices, bienvenue à notre émission « L'esthé-tique à un dimar ». Je suis Mouhfida Ben Abess. Aujourd'hui comment avoir d'aussi belles mains qu'Angelina Jolie ? Alors vous prenez un avocat et de l'huile d'argan, vous mélangez le tout et vous vous en enduisez les mains en insistant bien sur le contour des ongles et vous poussez les peaux.

— Pardon ?

— Mon frère travaille chez des gens là-bas, ils ont besoin d'une bonne.

Je me relève. Ça continue. Comment ai-je pu à ce point T'accabler, Allah ? Pardon. Pardon. Pardon.

— Oh oui ! Oui vraiment, je suis travailleuse tu sais, je ferai tout ce qu'il faut.

— Il faut juste que tu ailles à Masmara dès demain.

Je n'en crois pas mes yeux. Non mes oreilles. Non les deux. Masmara ! Moi ? Jbara Aït Goumbra ? Ça y est, je ne suis plus rien du tout, je fais partie du peuple. Même crasseux, je m'en fous.

Je m'attends à ce qu'il dézippe son jean mais il s'en va en me disant qu'il va tout me noter sur un papier et il ajoute même :

— Bonne chance.

Je ne comprends rien aux hommes. Je lui aurais fait volontiers sa pipe, là. Ça avait un sens aujourd'hui.

Évidemment, je ne dors pas de la nuit. Je plie mes affaires une vingtaine de fois, je recoiffe mes cheveux. J'ai fait la paix avec eux. Ils sont bouclés. Je mets de l'huile dessus pour qu'ils brillent. Je mets même du vernis. Alors oui, ça dépasse un peu sur les côtés, mais bon. Je mets les talons. Mes pieds prennent tout leur sens sur de hauts talons, ils s'affinent. Je suis prête.

J'arrive à la gare routière de Belsouss. Le bus de Masmara est bleu. J'achète mon billet et je vais m'asseoir au fond. Je suis excitée comme une puce pendant tout le trajet. Je crois bien que je suis la plus distinguée du car cette fois.

Merci, Allah.

Mais pardon aussi. Je me doute que Tu n'aimes pas tout ce que je fais, que Tu ne cautionnes pas. Et c'est normal. Mais quand même, j'ai une question. Si j'étais née dans une famille bien, dans une ville bien, avec une éducation bien, j'aurais forcément été une fille bien, Allah. Je me serais mariée avec un homme bien et j'aurais fait des enfants bien. Mais ce n'est pas comme ça que ça s'est passé au départ, Tu avoueras que je suis partie avec vachement plus d'emmerdes. Comment Tu vas faire pour me juger ? J'espère que Tu tiendras compte de mon mauvais départ...

On a voyagé toute la nuit. Je n'ai pas dormi. Trop excitée. On arrive. Ouf, ma valise est là. Elle n'est pas tombée. Normal, moi je n'insulte pas les gens. Je me dirige vers un petit taxi orange et je dis :

— Quartier suisse s'il vous plaît, n° 104, villa Samarcande.

Si on m'avait dit ça il y a encore un an...

Est-ce que quelqu'un a enterré mon bébé ? Ou est-ce que quelqu'un l'a trouvé à temps ? Ou est-ce que les chiens l'ont mangé ?

Mais qu'est-ce qui me prend de penser à ça ? Vite, j'oublie.

Je disais quoi ? Ah oui. Si j'avais su que Tu me prendrais autant au sérieux, Allah, je T'aurais aussi demandé d'avoir des cheveux lisses. Ou un passeport français. Non, plutôt les cheveux lisses. Quoiqu'en France je pourrais m'acheter des cheveux lisses. C'est sûr que ça s'achète là-bas.

Je sens qu'on arrive vers chez les riches. Les villas ne sont pas en ciment mais en couleur, elles ont des formes bizarres, ce ne sont

pas des carrés tout gris, elles sont auda-
cieuses les villas des riches. Et elles sont
cachées aussi. Par des bougainvilliers et des
fleurs qui ressemblent à des guirlandes. Et
elles sont gardées aussi. Par de vieux gardiens assis sur des tabourets devant chaque
entrée. Je me demande bien ce qu'un vieux
gardien pourrait faire contre des voleurs
mais j'ai compris, c'est pour le respect. On
respecte vachement les vieux chez nous, alors
les voleurs ils ne taperont pas un vieux gardien. Et donc les voleurs ils ne voleront pas
les riches. Ils sont malins les riches, en plus
d'être riches.

Je trouve que j'ai de l'allure et que je pourrais presque avoir de la famille qui habite
ici. *Presque*, je ne suis pas folle quand
même... Il y a toujours de petits détails qui
nous trahissent et qui nous rappellent d'où
on vient. Moi c'est les dents. Je n'ai toujours
pas intégré qu'il faut les brosser tous les
jours. Mais maintenant que j'habite dans un
palais je vais acheter une brosse de dents.
Plein d'autres détails me trahissent aussi.
Mes mains sont celles d'une travailleuse.
Mes pieds sont ceux d'une va-nu-pieds. Ma
chatte est celle d'un petit tapin. Mes yeux
sont ceux d'une pauvre. Ils sont toujours
baissés.

Je sonne, un jeune homme vient ouvrir,
c'est Abdelatif, le frère d'Abdelkrim.

— Bonjour, je suis Abdelatif.
— Bonjour, je suis Jbara.

— Tu as fait bon voyage ? Entre.

Il prend ma valise. Il est gentil, dis donc !

— Oui très bien, merci. Abdelatif, merci beaucoup pour ce travail...

— Si tu es sérieuse et travailleuse, il n'y aura pas de problèmes, tu verras.

— Que Dieu m'en soit témoin, le travail ne me fait pas peur...

— Tiens, là il y a ta tenue, mets-la et rejoins-moi dans la cuisine.

— D'accord... Merci...

Je mets un foulard et une blouse bleu ciel. Je prends à peine le temps de regarder ma chambre. Ce n'est pas plus grand qu'à Belsouss mais c'est plus propre, les murs sont blancs. Je préfère aller à la cuisine tout de suite, j'aurai tout le temps de faire connaissance avec mes nouveaux murs. Je compte bien continuer sur ma lancée, bien enchaînée à ma fusée... Je fais des rimes, Masmara me donne des ailes.

La maison est magnifique, c'est sûr on est chez des gens qui connaissent le roi, minimum. Dans la cuisine il y a une gentille et une méchante. La gentille a mon âge, elle est dans la même merde que moi. Elle s'appelle Latifa. La méchante elle est grosse, elle s'appelle Hafida et c'est la cheffe, forcément.

— Tu réponds pas, tu demandes pas des sorties et tu fricotes pas avec les gardiens des voisins. C'est comme si tu représentes la famille. Tu dis juste oui Lalla[1], oui Sidi[2] et tout ira bien. Tu vas dormir quand tout le monde dort et tu regardes pas Sidi dans les yeux. Parfois il s'énerve et tu réponds jamais. Il travaille beaucoup, il a des responsabilités importantes alors il faut que tout soit prêt, toujours, tout le temps...

La patronne arrive. En la voyant je comprends pourquoi les pauvres veulent devenir riches. Elle est belle. Elle est sûre d'elle. Elle donne envie. Elle est soignée, bien habillée, bien maquillée et aucun détail ne la trahit, elle. Elle n'a pas le temps de nous voir, elle paraît très occupée. Mais en fait son vrai problème c'est que ce soir au dîner qu'elle organise elle a deux copines fâchées qui se retrouvent assises côte à côte alors que leurs deux maris respectifs doivent faire un deal. Ce n'est pas grave, elle est tellement belle. Comme une Française...

— C'est toi la nouvelle ?
— Oui, Lalla.
— Suis-moi, je vais te montrer... Allô...
Je la suis.
— 20 h 30 ma chérie et si tu amènes quelque chose j'te jure j'te tue ! À ce soir, j't'embrasse...
Elle raccroche.
— Attention, hein ! La dernière je l'ai virée juste parce qu'elle parlait trop avec le jardinier d'à côté, pas de ça chez moi.

_____
1. Madame.
2. Monsieur.

— Oui, Lalla.

La patronne me conduit jusque dans le jardin, où ça grouille de monde. Il n'y a pas à dire c'est vraiment beau. Maintenant je sais qu'il y a mieux que le Raïbi Jamila dans la vie.

Putain, Tafafilt !

Pas le temps de repenser à ma merde, je dois débarrasser la leur.

— Voilà mes filles. Elle c'est Lalla Najwa, elle Lalla Malika. Lui c'est Sidi Mohamed, mon fils.

Personne ne me regarde. Pas grave, j'ai l'habitude de ne pas exister. Les filles jouent avec leurs téléphones portables et s'esclaffent comme des folles. Les garçons jouent à se couler dans la piscine et à s'insulter de bâtards ou de connards.

— Putain, on mange quand ?!

C'est Sidi Mohamed qui a faim.

Je débarrasse les verres de rosé, les paquets de cigarettes et les cendriers. Je nettoie la table pendant que Latifa, la gentille, apporte les salades et les brochettes, suivie de la grosse avec les boissons. Tout le monde dégouline. La patronne est allée se changer. Elle a mis son costume de bain avec un léger voile de la même couleur sur les fesses. Tout de même, c'est une maman. Mais elle est mieux gaulée que ses filles. Alors juste pour la forme elle cache son petit cul bombé. Les copains de son fils la regardent en douce, je les vois et elle les voit, en douce aussi...

Je ne reste pas avec eux mais je ne me mets pas trop loin. Je suis sur le qui-vive. Qu'est-ce que ça balance chez les riches ! Ils insultent leurs amis et la mère elle dégomme ses copines, elle dit que ce sont d'anciennes hôtesses de l'air ou qu'elles portent des contrefaçons ou qu'elles vivent au-dessus de leurs moyens ou que leurs enfants sont des attardés. Des choses comme ça. Pourtant elles sont toutes invitées ce soir.

J'aime bien Lalla Najwa, c'est la plus jeune et la plus sensée. Surtout elle a dit *je t'emmerde* à son frère Sidi Mohamed et comme je vais souvent avoir envie de le lui dire je crois, ça compense. Parfois, quand on se croise dans les couloirs, elle me fait un petit sourire. Un jour elle m'a demandé de venir lui laver le dos dans son bain et ensuite elle m'a dit merci. Et elle m'a donné une pince à cheveux en forme de papillon.

Mais ça reste une riche. Elle a des attitudes parfois. Elle ne fait pas exprès, c'est comme ça, ça doit être inscrit dans leur code génétique. Les riches ne nous voient pas. Par exemple, Sidi Slimane, le papa, ne m'a jamais regardée. Il ne me parle pas. Pas parce qu'il ne m'aime pas je crois. On dirait qu'il a toujours quelque chose en tête, des trucs de très haute importance. Pour lui, je suis une fourmi, comme les milliers qu'il tue chaque jour en allant au bureau. Car Sidi, il n'a pas le temps de marcher sur le chemin en pierres, il traverse par la pelouse.

Il est 4 heures du matin et je dors. Je crois que je rêve paisiblement à un truc quand une sonnerie abominable retentit dans ma chambre. Je me lève. Fait chier. Les petits cons sont rentrés. On est samedi, ces enculés sont allés à La Calypso, et La Calypso ça donne faim. Ce soir je m'en fous, je crache dans leur bouffe.

Ils sont tous affalés et bourrés. Lalla Malika allait de nouveau appuyer sur l'interrupteur qui sonne dans ma piaule mais elle m'a vue arriver la tête à l'envers.

— On a faim, réchauffe ce qu'il y a.

Je réchauffe, je coupe, je mélange et je crache. De l'autre côté, les phrases sont entrecoupées de « nique ta race fils de pute, j'la baise quand j'veux, va t'faire enculer sale Arabe » et j'en passe. Ce sont des amis.

J'amène les plats, ils se jettent dessus et boivent à la bouteille, comme de vrais hommes.

J'attends patiemment dans la cuisine mais là je n'en peux plus et je m'endors entre les navets et les gourgettes[1].

— Jbara ! Jbara !

Je sursaute. J'ai envie de vomir. De fatigue. J'entends les moteurs gronder, on ne s'insulte

—————
1. Courgettes.

plus dans le salon. Ils sont allés dormir. Je dois faire la vaisselle.

Depuis peu, je mets des gants pour faire la vaisselle parce que Mouhfida Ben Abess de la radio a dit que les produits détergents assèchent la peau. Elle a aussi dit que « pour avoir li mains oussi douces qu'Jinifer Anisto i fou icraser du l'abouca avec du l'huile d'argo i su faire un masque di mains[1] ».

Je n'ai pas encore eu le temps de le faire. Je ne sais pas trop ce que c'est un avocat, en fait. Mais je vais trouver.

Quelqu'un entre. Je me retourne, c'est Sidi Mohamed.

— Vous voulez quelque chose, Sidi ?

Il gémit et respire bruyamment. Il suinte l'alcool. Il se colle à moi et me relève la jupe. Il baisse son pantalon, son caleçon, sort son sexe. Il me pénètre. Son sexe est énorme, mais vraiment énorme, et moi j'ai un petit bassin alors ça fait mal. Mais je ne peux pas crier, c'est lui le Sidi. Il me baise de plus en plus fort, moi j'ai les mains dans le savon, ça fait des bulles et j'ai failli casser deux verres. Je ne sais pas quoi faire, pleurer c'est désuet. Il prend son temps en plus, ce connard. Enfin il éjacule. Il remonte son pantalon et s'en va cn maugréant des trucs

1. Pour avoir les mains aussi douces que Jennifer Aniston il faut écraser de l'avocat avec de l'huile d'argan et se faire un masque des mains.

incompréhensibles. Ça coule entre mes cuisses. Je prends du papier et je m'essuie l'entrejambe. J'ai gardé les gants. Je termine la vaisselle. Je casse un verre exprès. Il faut bien que je fasse quelque chose. Je casse un autre verre.

Bonne nuit. Merde.

C'est la première fois qu'on me baise et que je n'ai rien en retour. Ce n'est pas agréable comme sensation. Je me sens plus souillée que d'habitude. C'est étrange. Il m'a violée impunément et là il dort comme un bébé. Il recommencera sans doute, et je recasserai des verres. Je me ferai engueuler et je devrai les rembourser en plus. Ce n'est pas une bonne idée. Il vaut mieux que je pleure seulement. Et en silence. Il ne faut pas les réveiller. Demain je m'en fous, j'irai m'acheter un Raïbi Jamila, la la la la la...

Non, cette fois le cœur n'y est pas.

Comme Sidi ne peut pas baiser ses copines de bonne famille, il me baise moi. Il ne peut que les enculer, comme ça elles restent vierges pour le plus beau jour de leur vie. Est-ce que j'aurai un plus beau jour de ma vie, moi ?

Hein, Allah ?

En fait ce que je veux Te dire, Allah, c'est : Est-ce qu'on peut échapper à son destin ? Est-ce qu'une fille comme moi avait un destin, d'ailleurs ? Est-ce que Tu peux vraiment m'en vouloir d'avoir préféré un toit à la rue,

un peu de chaleur au froid et un lit aux trottoirs ? J'ai fait des choix tout à fait logiques.
Et naturels. Qui voudrait devenir une men-
diante ? Personne. Pas moi. J'ai vendu mon
corps. Je serais devenue quoi si je ne m'étais
pas prostituée ? J'aurais dormi dehors à côté
des fous, des mendiants et des chiens. Non,
Allah, j'ai préféré faire ça pour avoir un toit
miteux mais un toit quand même. Tu sais
bien que je ne l'ai pas fait par plaisir. Toi Tu
lis dans mon cœur alors Tu sais tout. C'est
de l'alimentaire comme on dit. Pardon, Allah,
de Te parler aussi crûment mais comme Tu
entends tout ce qu'on pense au plus profond
de nous, ce n'est pas un ou deux mots dépla-
cés qui vont T'offusquer, n'est-ce pas ? Je fais
des choses horribles et je ne cesse de me
confier à Toi. Toi le Pur. Mais c'est logique,
il n'y a qu'un Pur qui puisse guider une
impure comme moi. Je Te parle comme ça
vient mais je Te respecte, Tu le sais.

J'ai envie de pleurer, là.

Le lendemain j'appréhende de revoir Sidi Mohamed. Il m'a quand même un peu violée. Il prend son petit déjeuner au bord de la piscine. Il est 16 heures. Il ne me regarde pas, mais pas comme s'il était gêné, plus comme si je n'existais pas. Comme si ce qu'il m'avait fait la veille n'était rien vu que je ne suis rien. On ne peut pas faire de mal à rien.

Je n'ai toujours pas nettoyé son sperme entre mes cuisses. Il me manque encore quelques automatismes question hygiène. Je fais un bain par semaine au hammam public quand je peux. Parfois tous les dix jours, d'accord. Les Lalla, elles prennent une douche par jour et c'est vrai qu'elles sentent bon. Elles ne se lavent pas avec du savon moche, elles se lavent avec du gel dans des bouteilles de toutes les couleurs avec dessus des femmes nues qui se douchent dans la jungle et l'eau c'est du lait de coco.

Ce sont ces flacons qui m'ont donné envie de me laver plus souvent. J'ai toujours eu un rapport à part avec la publicité. Je me sens exister quand je possède un truc qui passe à la télé. De temps en temps je vole un peu de gel douche à l'huile d'amande douce ou à la grenadine à Lalla Najwa et ensuite je me lave avec un filet d'eau de rouille dans ma chambre.

Ce n'est pas Sidi Mohamed le problème, c'est un con et c'est pour la vie, non, le problème c'est que les gens comme moi on est le degré zéro de l'humanité, on n'a aucune valeur, si on meurt ça ne change rien. Personne ne me pleurera, personne ne demandera ce que je suis devenue, je ne ferai partie d'aucun souvenir. C'est abominable de ne faire partie d'aucun souvenir. Il faudrait que j'arrive à m'incruster sur une photo de famille, l'air de rien... Pour que j'apparaisse quelque part quand même. Même si c'est au loin en train de débarrasser la table. On ne m'a jamais prise en photo.

Ah si, une fois, les touristes américains qui étaient venus chez nous avec un drapeau blanc. Mais c'est sûr que ma photo ne siège pas sur la cheminée de leur villa. Ils doivent la sortir parfois devant des amis à eux pour montrer combien ils sont aventuriers et combien je suis belle pour une pauvre du désert. Mais ils doivent rajouter que quand même, elle puait...

Le problème c'est que quand on n'a jamais été considéré on n'a rien à perdre. Pourtant je suis là, merde ! Je respire, je ressens, je vois, je quelque chose bon sang ! Non, je ne suis rien, même pas une bonne. Demain une autre prendra ma place sans changer mes draps.

Sidi Mohamed réclame son thé à la menthe sans lever les yeux de son journal. J'aime quand on me demande un thé ou un oreiller dans les yeux. Je sens qu'on s'adresse à moi et que *moi* je dois amener le thé ou l'oreiller. Je sers à amener un thé ou un oreiller et c'est quelque chose, ça. Mais jamais on ne me regarde dans les yeux. Même quand il me baise, il ne me regarde pas.

Alors je lui amène son thé, à Sidi, et j'oublie ce qu'il a fait puisque rien, ça ne pense pas.

— Jbara ! Jbara ! Jbara !

Parfois ils utilisent leur bouche, parfois une clochette. Aujourd'hui, Lalla Malika m'appelle pour me demander sa clochette. C'est drôle.

J'ai fait des économies depuis tout ce temps, presque 1 500 dimars. Abdelatif a pris des congés, il va aller rendre visite à sa famille et son car passe devant chez mes parents. La veine. Abdelatif est gentil, sérieux et travailleur. Il me rend des services et parfois il me fait des sourires sincères. Auxquels je réponds.

Je lui donne les 1 500 dimars et quelques petits robots et poupées en plastique pour mes frères et sœurs. Et un foulard avec un léopard dessiné dessus. C'est presque comme de la soie. En tout cas les femmes chics le mettent autour du cou, pas sur la tête. Ma mère le pliera dans ses affaires entre un morceau de tissu que sa mère lui a laissé et un lizar.

Abdelatif est à la porte et me rassure.

— Alors tu dis comme j't'ai dit hein, je travaille dans un magasin qui vend de l'or et du tissu, je vais bien, je mange bien et je vais à la mosquée...

Il me coupe :

— Mais oui je dirai tout, ça fait trois jours que je répète. Ne t'inquiète pas, Jbara. Allez, rentre ou la patronne va gueuler.

— Jbara ! Jbara !

J'étouffe un sanglot en me disant qu'il va voir ma pauvre maman et mes brebis, et mon cœur se serre. Mais il se desserre vite.

— Jbara, mes lunettes ! Pas les Versace, les Fendi !

Mon cœur se remet à l'endroit tandis que je monte les escaliers quatre à quatre. Je ne sais ni lire ni écrire mais je sais faire la différence entre Fendi et Versace, c'est amusant ! Ou pathétique. Ou les deux.

La Porsche Cayenne gronde. La famille est prête à partir. Ils vont en cure. Au bord de la mer. Pour se remettre en forme... Car ils sont fatigués. Très fatigués.

Hafida referme le portail.

Je respire.

La maison est vide. Je suis dans ma chambre et j'écoute Mouhfida Ben Abess. Là, elle nous apprend comment avoir de beaux cheveux. Moi je les aimerais lisses à la base mais ce n'est pas possible. Et je ne vais pas demander ça à Allah. Il a d'autres chats à fouetter.

Mais quand même, Allah, pourquoi le Nord a de la pluie et des cheveux lisses et nous le Sud on a la sécheresse et des cheveux crépus ?

Je m'allonge sur mon lit. Latifa vient me rejoindre avec deux verres de thé à la menthe.

— J'te jure tout le dimanche presque entier avec un concombre dans la chatte.

— Et elle le faisait devant toi ?

— Ben oui elle en avait rien à battre que j'voie...

— Et comment elle marchait ? Enfin j'veux dire comment elle faisait si y'avait les enfants ou j'sais pas ?

— Non, ça veut dire quand ils étaient pas là ou qu'elle était seule avec moi. Des fois j'entendais « pakk » et il était tombé. Elle le reprenait, l'passait sous l'eau et l'remettait aux trois quarts.

— C'est dingue ! Et comment t'as su que c'était pour... comment elle a dit déjà ?

— Muscler son vagin, elle disait. Parce qu'un jour son mari et elle, ils se sont engueulés et elle lui a dit : « Dire que j'passe mon dimanche avec un concombre dans la chatte juste pour muscler mon vagin et toi tu m'traites comme une pute ! » Et le mari aussi il comprenait rien et il lui a demandé pourquoi. Elle lui a hurlé : « Pour te donner plus de plaisir pauvre con ! » Nous on était mortes de rire et lui il l'a laissée pleurer comme une merde sur son lit et il est quand même parti.

Je me disais que la salade de concombres n'aurait plus jamais le même goût désormais. Je trouvais ça incroyable. Des dimanches entiers avec un concombre dans le vagin et le mec se tire quand même. D'ailleurs, cette histoire m'a poursuivie longtemps. D'abord parce que j'ai essayé de temps en temps, ensuite parce que dans cette famille on raffolait des concombres : crus, en salade salée, en salade sucrée avec de la fleur d'oranger... Et moi je ne les rinçais pas. La peau, c'est bon pour le transit...

Eh oui, on devient mesquin quand on est pauvre et qu'on se fait traiter comme de la merde tous les jours. Si vous êtes riches et que vous avez des « employés de maison » ou des bonniches, sachez qu'un jour ou l'autre vous nous avez goûtés. Vous avez bouffé le crachat, la crotte de nez, le molard, la pisse, le sperme ou le caca de l'un de nous. Au moins une fois. C'est sûr. Que vous nous traitiez bien, que vous soyez attentionnés ou tout simplement des chiens avec nous, vous nous avez goûtés, vous avez un peu de nous en vous... Parce que vous êtes riches et qu'on est misérables. C'est comme ça.

On rigolait comme deux jeunes filles presque ordinaires en buvant un petit thé à la menthe. Et la grosse vache est arrivée et nous a remises à la verticale.

— Allez y'a du travail, c'est pas les vacances pour vous !

— Non, mais juste deux secondes, on peut souffler un peu quand même...

Je ne sais pas ce qui m'a pris de dire ça ni comment j'ai osé mais ça a mis la grosse vache dans une colère noire.

— Mais pour qui tu te prends espèce de petite salope ? Vous allez lever vos petits culs de montagnardes et vous allez ranger les chambres ! Comment tu oses me parler comme ça ?

Même chez les pauvres il y a une hiérarchie.

On a levé nos petits culs, on n'avait pas le choix. On est allées ranger les chambres. La grosse vache, elle, est allée poser son gros cul sur un canapé et a noyé son visage gras et moche dans la forêt noire de l'anniversaire de la veille. Avec un thé à la menthe. Devant un épisode de *Raimonda*. Salope.

Il est 18 heures et je me prélasse sur ma paillasse. Latifa arrive comme une folle.

— Ce soir la grosse vache elle va dans sa famille !

— Cool on va regarder la télévision !

— Mais non, on va aller à la boîte de nuit !

— La boîte de nuit ?

— Mais oui, où on danse, et après tu fais le contact avec un Français et après tu le...

Latifa mime une fellation. J'éclate de rire.

— Mais comment on va faire ?

— T'inquiète, j'ai un copain taxi, il nous amène et il nous ramène, on lui donne 100 dimars chacune. Prépare-toi !

Je choisis le jean avec les poches qui brillent, des talons compensés et un haut turquoise à franges. Je vais repasser mes cheveux pour qu'ils soient lisses. Enfin presque.

Allah, ce soir je vais encore me faire du mal. Je vais faire la pute. Ce n'est plus Miloud. Ce n'est plus Abdelkrim. Ce n'est plus pour manger, c'est pour m'acheter des trucs. Des trucs en plus. Je ne demande pas d'autorisation, je veux juste que Tu saches que je sais ce que je fais. C'est moche. C'est peut-être haram. Mais moi au moins je ne Te culpabilise pas. Je prends mes responsabilités. J'en paierai le prix, si toutefois il y a un prix à payer. À moins que le prix, ce ne soit déjà la vie. Je le paie volontiers. Je paie cash de toute façon. Tu ne seras pas dupé, jamais je ne prendrai un crédit avec Toi.

Je veux Te remercier, Allah, car Tu es le seul à ne jamais me contredire. Ça fait du bien d'être écoutée. C'est pour ça que Tu es le plus sage. C'est pour ça que Tu es Allah. Tu écoutes quand tout le monde braille. Avec

Toi j'ai appris à ne pas gueuler, avec Toi je parle tout doucement et ça me fait du bien, ça m'apaise.

Merci, Allah.

Ça y est, j'y suis. Ça s'appelle Le Monte Casino et il y a plein de filles en minijupes et plein d'hommes avec des chemises à manches courtes. Des Français. Je ne suis pas très à l'aise, j'ai même carrément l'air d'une godiche. Je ne sais pas quoi faire de mes mains ni comment me tenir. Il fait chaud, mes cheveux commencent à friser.

Latifa me met une coupe de champagne dans la main, je la tiens comme un verre de limonade. Pas classe. Tout le monde danse, tout le monde lève les mains en l'air et moi comme une conne je pense à Tafafilt. Merde, pourquoi je suis toujours obligée de penser ? Même dans une boîte de nuit !

Latifa me montre un homme tout seul au bar. Je fais dépasser la ficelle de mon string et j'avance vers lui. Comme la blonde du magazine. J'ai oublié tous les mots que Latifa m'a appris dans le taxi, je me souviens vaguement d'un :

— J'adore la Fronce[1].

Il me prend par la taille et me colle contre lui. Il est tout rose et a des lèvres très fines.

— Ah ouais ? Moi c'est ta p'tite chatte d'Arabe que j'aime.

_____
1. La France.

Je ne comprends pas grand-chose mais avec son air vicelard c'est sûr qu'il ne m'a pas demandée en mariage. On se met à danser, ni l'un ni l'autre ne savons quoi faire de nos corps. Lui c'est un mélange de zouk et de jerk et moi je tortille mon petit cul car c'est inné chez nous. On danse, je bois, il me caresse et me dit des choses dans l'oreille. J'éclate de rire à chaque fois et je répète *J'adore la Fronce*. Il me lèche l'oreille, c'est vraiment dégueulasse, je déteste ça mais là je n'ai pas le droit de détester. Je ne me sens pas de tout recommencer avec un autre.

On est dans sa voiture. Une voiture de location pourrie. Il m'avait dit qu'il était agent immobilier à Paris. Il doit être tout au plus représentant en aspirateurs dans un bled. Il transpire, il gémit, il s'énerve parce que je ne vais pas assez vite. Il me tient par les cheveux et commence à m'insulter. À un moment il tire mes cheveux trop fort, je lui enlève la main. Il m'encule. Pourtant je lui avais dit pas par le cul. Mais je veux mon argent et je veux rentrer chez moi alors ok pour le cul.

Je ne suis pas trop conne et en plus j'apprends vite. Je sais de mieux en mieux me mettre en valeur, mes cheveux ont poussé et j'ai trouvé un produit qui fait de belles boucles, je me maquille moins, je m'épile de partout et je fais des manicures[1] parfois. Tout

_____
1. Manucures.

se met en place. Je suis devenue assez populaire au Monte Casino, je fais même la bise aux physios à l'entrée. Ça c'est de la promotion sociale.

Sidi Mohamed continue de me baiser pour rien. Mais maintenant il le fait même quand il est sobre. La dernière fois, il m'a caressé la nuque.

Je sais que je suis en train de changer. Parce que les gens ont changé avec moi. Latifa me fait la gueule pour rien, la grosse vache me donne plus de boulot, Abdelatif me tient toujours la porte et Sidi Mohamed me baise de face.

J'ai appris de mes patronnes, j'ai vu dans les magazines, j'ai observé les autres putes et je suis devenue la mieux. Maintenant je sais que je suis jolie. Même belle. Très belle. Je crois que c'est le sentiment le plus agréable que j'aie connu jusqu'ici. Je plais même dans mon uniforme de bonne. Je m'épile au sucre et j'en laisse très peu. Je me lave tous les jours, je me parfume, je souligne mes yeux verts de khôl et je mets du miel sur mes lèvres charnues. C'est Mouhfida de la radio qui a dit que c'était très hydratant le miel sur les lèvres.

Un soir, je crois que la maison est vide alors je m'apprête à sortir, quand la sonnerie retentit dans ma chambre. Je cours au salon et je reconnais la clochette de Sidi Mohamed.

Je frappe à la porte de sa chambre. Il est allongé sur son lit, en jean et torse nu. Il me demande une citronnade. Je lui amène sa citronnade. Il me demande des dattes. Je lui amène des dattes. Il me demande des cornes de gazelle[1]. Je lui amène des cornes de gazelle. Il me demande de fermer la porte. Je ferme la porte. Il me demande de m'allonger près de lui. Je m'apprête à le sucer. Il dit non. Il me déshabille et me caresse.

Qu'est-ce qui m'arrive ? Oh mon Dieu, mais qu'est-ce qui se passe ? Sidi Mohamed me... Oh putain, c'est bon ! Je... je... j'aime... Oh mon Dieu, mais qu'est-ce qui lui prend ? C'est un connard, normalement... Oh c'est bon ! Avec son doigt il tortille la petite boule entre mes lèvres et moi ça me fait des fourmis dans tout le corps. Je me mords de plaisir, je n'en reviens pas. Je crois qu'il me fait l'amour. Merci, Sidi Mohamed. Merci.

Je hurle sans pouvoir m'arrêter. Je crois qu'il va m'engueuler mais il sourit. Il rentre son sexe dans le mien. J'écarte mes jambes au maximum pour lui dire qu'il est le bienvenu et qu'il le sera toujours désormais. On fait l'amour. Jbara fait l'amour et ça sent bon. Je peux mourir maintenant.

Plus rien ne sera pareil.

Je ne veux plus travailler comme bonne. Je veux gagner de l'argent et trouver un homme qui me fera ça plus souvent. En tout

1. Gâteaux marocains à la pâte d'amande.

cas commencer par gagner de l'argent pour pouvoir choisir l'homme que je voudrai.

Je suis partie le lendemain et je n'ai plus jamais revu Sidi Mohamed. Je lui pardonne tout. Mais tout. Absolument tout. Je ne me souviendrai que de ça.

Voilà, en gros je continue de faire la pute tous les soirs. J'habite une petite chambre dans un immeuble délabré du centre-ville. C'est interdit mais je ne suis plus à ça près. Je gagne bien ma vie. De mieux en mieux. On me regarde avec envie et ça fait du bien. Au Monte Casino, je suis une star. Je danse comme une déesse en haut de mon estrade et je peux choisir ma proie.

Et puis, un soir, tout à coup les portes s'ouvrent, tout le monde s'arrête. Six hommes entrent dans la boîte, entourés de trois gardes du corps. Ni une ni deux, le proprio dégage les représentants en aspirateurs d'une table. Ce sont des cheikhs du Golfe, ça se voit, ils ont des gros ventres, des krouchs lharam[1]. Ils doivent manger de la viande tous les jours, c'est sûr. Toutes les filles se ruent sur eux.

Mais moi pas. Je n'aime pas faire comme tout le monde, ça paie mieux. Je me

1. Ventres du péché.

déhanche sur mon perchoir sans les regarder. C'est à eux de le faire. Et ils le font. Ils commandent du thé et des narguilés. L'alcool est interdit dans l'islam et comme ce sont de bons musulmans, les cheikhs, ils ne boivent pas. Par contre, qu'est-ce qu'ils baisent comme putes ! Ils me fixent et l'un d'eux me fait signe de m'approcher. Je vais m'asseoir à côté de lui, enjambant mes copines, qui ne sont pas invitées.

— Comment tu t'appelles ?
— Shéhérazade...

Je m'appelle Shéhérazade. Jbara c'est fini, c'est un nom de bergère, c'est lourd et moche, avec un nom pareil on n'a pas envie de me dire des choses douces ou de me faire des caresses. Tandis qu'avec Shéhérazade, j'ai l'impression d'être une sultane entourée d'eunuques qui me font du vent en secouant de grandes feuilles de... de palmier je crois. Comme je n'ai pas de papiers d'identité, je peux changer comme je veux.

Trois fois par semaine, une grosse Mercedes noire vient me chercher au coin de ma rue et on va chez le cheikh. Il me paie bien. Je suis sa favorite.

Je me retrouve dans sa chambre des Mille et Une Nuits. Il se déshabille sans aucun complexe, il est court, gras, avec des ongles de pieds trop longs. Il s'allonge sur le lit, son zizi bouge un peu mais ce n'est pas encore ça. Il a une bouteille de whisky dans la main.

Il rit grassement. Je ne sais pas pourquoi il rit mais je ris aussi pour ne pas casser l'ambiance.

Il ouvre le tiroir de sa table de nuit et prend une liasse de billets de 100 dimars. Tout neufs. Je me suis déshabillée aussi et d'un geste il m'ordonne d'enlever mon string. Puis il éclate de rire en jetant des billets de 100 dimars par terre. Je le regarde faire. Il me dit :

— Chaque billet que tu attrapes il est à toi. Mais tu dois les attraper avec les fesses, hahahahahahaha !!

De toute façon j'ai piétiné ma dignité depuis bien longtemps, ça ne change rien. Je vais juste avoir l'air ridicule à me tortiller dans tous les sens. C'est comme quand on a des ongles longs et qu'on veut attraper une pièce de monnaie sur une table. En plus les billets sont neufs donc très plats. Je vais devoir contracter mon cul à mort. Si je me vois faire c'est la mort alors je ne me regarde pas et je fais.

Au début je galère et il est plié de rire. Il rit vraiment de bon cœur ce fils de pute. Je continue, un billet me chatouille les fesses, je le fais bouger de gauche à droite et hop je contracte. On dirait que je suis sur des toilettes turques sauf que je ne pousse pas, j'aspire.

1 300 dimars et mon cul c'est du béton. Il ne m'aura même pas pénétrée, il s'est endormi. À 1 300 dimars je suis partie. Le

bonheur. Mais j'oublie tout sinon je meurs. Ce soir je ne ferai pas de prières. Je ne veux pas T'adresser la parole, j'ai trop honte là.

Ça va bien pour moi. Je ne suis plus toute seule, le cheikh est derrière moi désormais. D'accord je suis sa pute mais il est gentil. Il me paie bien. Parfois, même, on discute. Il m'envoie chez le docteur du sexe une fois par mois. Il est chou, il s'inquiète pour ma santé. Il me dit que je ne suis pas une pute comme les autres, que je compte pour lui. En quelque sorte, je suis sa femme quand il est de passage ici. Il me dit aussi que je suis belle. Plus belle que Haifa Wehbe[1]. Il dit même : « Shéhérazade, ta beauté est la preuve tangible que Dieu existe. »

Moi je me dis que ça pourrait être pire, qu'il pourrait me sauter et ne pas s'impliquer dans ma vie. Quand il veut faire des trucs que je n'aime pas, il sourit et je comprends que j'aurai une récompense. Alors je fais. Un jour il a ramené un coran sacré de la Mecque comme je lui avais demandé et je l'ai envoyé à ma mère. Elle était si contente.

J'ai pris mes habitudes chez l'esthéticienne, elle me fait le maillot presque intégral, je m'habille dans des boutiques qui donnent sur la rue et une fois le cheikh m'a même offert un bijou de chez Dior, la même marque que

---

1. Chanteuse libanaise très populaire dans les pays arabes.

ma valise. C'est dingue ce Dior comme les gens l'adorent.

Je suis une femme d'affaires désormais et mon bureau c'est mon corps. Je prie de moins en moins. Pas seulement par honte, d'abord par manque de temps. Je suis devenue sublime. On me réclame, on m'acclame. Le cheikh me prête parfois à des amis de marque. Tous aiment rire, rire de moi quand je contracte mes fesses. Je me fais des fesses en or. Moi aussi, j'aime rire.

Pour 3 000 dimars, on peut me faire pipi dessus. Ça n'arrive pas souvent mais quand le cheikh est bien défoncé, il aime me faire pipi dessus. Et il rigole.

Aujourd'hui je ne prie plus du tout. J'ai décidé de ne plus croire en Dieu. C'est plus simple. Avant je savais à peu près quoi Lui dire, ça tenait la route l'histoire de la jeune fille paumée qui fait la pute pour manger. Mais là, je fais la pute pour avoir plus. Je mange à ma faim mais je veux de la viande tous les jours et du Raïbi dans des verres en cristal.

Alors je préfère ne pas Lui parler. Même s'Il ne me contredisait jamais, il ne faut pas déconner… Je sais que je suis en tort. Personne n'est obligé de se faire faire pipi dessus. On a toujours le choix de se faire pisser dessus ou pas.

Un jour j'ai attrapé un zona sur le bas du ventre. Ça faisait mal, oh mon Dieu ! Et ça coûtait presque 3 500 dimars le traitement. J'ai demandé au cheikh de l'argent pour me soigner mais lui, ce jour-là, il avait pris de la drogue. Et il était énervé. Pas de bonne humeur. Complètement défoncé en fait. Il a dit oui mais en échange d'un truc. Un truc auquel je n'aurais jamais pensé. Trop tordu pour mon petit cerveau tout rond. Il s'était dit pourquoi pas caca ? Et il l'a fait. Je ne veux plus en parler.

Maintenant vous savez tout.

J'envoie toujours de l'argent à ma famille. Il paraît qu'à Tafafilt, de haram je suis passée à sainte. Mon père me réclame. Avec l'argent, il s'est acheté une télé et une parabole. Je suis allée les visiter la semaine dernière, la première fois depuis qu'il m'a jetée dehors parce que j'avais fauté. Ou enfanté. Je ne sais plus.

J'ai pris un grand taxi, j'ai attaché mes cheveux en queue de cheval, mis une djellaba bleu marine et je suis retournée chez moi. Je ne vais pas m'étendre sur ce que ça m'a fait : un mélange de dégoût et de mélancolie. Je crois que ce sont mes brebis qui me manquaient le plus. Et le silence aussi.

En plein désert, je vois une parabole au-dessus de notre tente... de leur tente je veux dire, ce n'est plus la mienne, je ne pue plus moi. Un groupe électrogène pour regarder la télé égyptienne et les mésaventures de Raimonda. Mes frères et sœurs sont scotchés à l'écran, le nez plein de morve et du tartre plein les dents. Ce n'est plus moi ça, c'est sûr.

Mon père s'est inventé des maux de dos qui le clouent à son matelas.

— Oh mon dos, mon Dieu mon dos, qu'est-ce qu'il me torture, j'ai mal ma fille, j'ai mal, c'est insupportable, j'ai envie de hurler parfois tellement la douleur est forte. Si tu savais ma fille...

Voilà ce qu'il m'a dit mon père lorsqu'il m'a vue. Il s'est lamenté et m'a appelée *ma fille*. J'ai pitié de lui. Je le trouve méprisable. C'est mon père. Anis ou Anissa aurait détesté ce grand-père. Le pire de tout c'est quand il fait un petit geste d'hésitation au moment où je lui tends de l'argent. Je crois que c'est ça le pire. Il me dit que je suis une sainte, sa fille bien-aimée, son trésor, leur bienfaitrice. J'ai presque envie de lui dire qu'on m'a chié dessus pour qu'il puisse s'acheter une parabole. Presque.

Je le hais. Allah, c'est grave ? C'est honteux ? C'est mal ? Qu'est-ce qui est le plus mal, Allah, de faire la pute ou de haïr son père ? Ne me dis pas les deux s'il Te plaît, je n'ai pas la force aujourd'hui. Moi je crois qu'aucun des deux n'est fondamentalement mal, ni bien, c'est comme ça c'est tout. Je fais la pute parce que c'est comme ça et je n'aime pas mon père parce que c'est comme ça aussi.

Allah, j'ai une autre question : qui va payer pour mon bébé ? Moi ou mon père ? Vite, j'oublie.

Quand il a fini de faire son mielleux avec moi et qu'il a caché son pactole dans sa chaussette puante, il fait comme s'il s'intéressait à ma vie et comme s'il y croyait. Ma mère récite des prières à chacune de mes paroles et me caresse la tête en disant des bénédictions. Elle, elle y croit. Elle croit tout de toute façon.

Une fois que je leur ai raconté ma vie idéale, mon père me sort un petit cadeau de sa poche. C'est une boîte dorée. Il me la tend. Je l'ouvre. Il y a un poil. Oui, un poil. Un poil ou un cheveu, je ne sais pas. C'est étrange. Je le regarde. Tout le monde regarde et attend de savoir. Il fait durer le suspense ce con. Et il me dit :

— C'est pour toi ma fille. Je l'ai acheté au fkih. C'est un cheveu sacré. C'est le cheveu du prophète, paix à son âme. C'est pour toi ma fille.

Ma mère reprend ses prières de plus belle. Pas une seconde, elle ne se demande comment le cheveu du prophète, paix à son âme, a pu atterrir à Tafafilt, dans le trou du cul du monde. Si j'étais restée ici, est-ce que j'y aurais cru moi aussi ? Probablement. Ça m'effraie. Peut-être qu'aujourd'hui je fais la pute, mais au moins je me pose des questions.

Je demande à mon père combien ça lui a coûté un cadeau aussi sacré, il me répond 400 dimars. J'ai une folle envie de le frapper, juste là, en plein visage. 400 dimars ça me coûte une demi-pipe environ.

Je le regarde. Il attend un sourire, en plus. J'ai devant moi une vision d'horreur, mon père qui veut me faire plaisir, ma mère qui n'en revient pas de toucher le cheveu du prophète, paix à son âme, et elle suffoque et mes frères et sœurs supplient pour le toucher aussi.

Est-ce que je suis la seule à voir que c'est tout au plus le poil de cul du fkih, BORDEL ?!

Mais comme je ne suis là que pour quelques heures, je préfère le prendre, feindre un sourire et dire merci. C'est dur. Mais à quoi bon lui expliquer que c'est un con. Qu'il a frappé mon bébé dans mon ventre et qu'il n'a jamais demandé pardon. Qu'il m'a jetée dehors comme une chienne et que les chiens m'ont baisée.

Oui, c'est sa faute. Ce n'est pas la mienne.

Pourquoi je viens d'ici ? Pourquoi je ne suis pas Lalla Najwa ? Pourquoi mon père c'est mon père ? Pourquoi ? Mais pourquoi ?

Si Tu n'as pas de réponses à me donner alors Tu n'as pas d'ordres à me donner non plus ! Je suis en colère. J'ai envie de mourir.

J'en ai marre de parler d'eux. La misère c'est moche, c'est visqueux, c'est sale, c'est pernicieux et vicieux, mon père est misérable, il est tout ça. Il est vil, berk, il me débecte. Il m'offre un cadeau pour que je fasse mieux la pute, il me bénit pour que je me fasse plus baiser, il m'implore mais il ne demande pas pardon. Je le hais de toutes mes forces et je me hais de venir de lui.

C'est un rat. Je ne l'aime pas. Je ne veux plus parler de lui.

Et je ne veux pas non plus parler de ma mère qui pleure toujours en silence et prétexte que ce sont les oignons. Car elle fait toujours la cuisine. Elle ne fait que ça. Et elle la fait mal. Maintenant je le sais, ce qu'elle fait n'est pas bon. Mon goût s'est affiné, mon palais s'est habitué aux bonnes choses. Je bois toujours du Raïbi Jamila par le trou en dessous. Mais pas devant le cheikh.

Pardon, Allah, de T'avoir pris à partie tout à l'heure. Je ne veux pas être comme ces gens qui aiment Te culpabiliser. Les hommes n'arrêtent pas de le faire. Au lieu de se bouger, ils attendent que Tu te bouges, Toi. Un jour, quand j'étais petite, un médecin de la grande ville et son équipe sont passés à Tafafilt, ils proposaient un examen des yeux et des lunettes correctrices pour ma petite sœur qui biglait. Ça coûtait peut-être 100 dimars en tout. Eh bien mon père a préféré l'emmener chez le fkih. Ils ont prié ensemble pour qu'elle retrouve une vue normale. *Inch'Allah*[1] il disait le fkih...

Mais Il veut, Allah, bon sang ! Il veut !

Je sais que c'est un mot magnifique, Inch'Allah. C'est comme le petit espoir en plus qui fait que tout devient possible, comme un petit coup de pied aux fesses qui me réveille quand je perds espoir, comme si Allah me disait : « Je n'ai pas encore pris Ma

_____
1. Si Dieu le veut.

décision alors lève-toi et tu verras. » Je sais que la décision finale T'appartient, Allah, mais je me dois d'escalader tout en haut de la montagne même quand les nuages m'empêchent de voir le sommet. Les fainéants, eux, ils prennent Inch'Allah à la lettre parce que ça les arrange trop de dire que c'est à Toi de décider. Que si ça merde c'est parce qu'Allah ne voulait pas que ça arrive. Que c'est la volonté d'Allah.

C'est sûr que le cul vissé sur un matelas, rien n'arrive, père ! Inch'Allah un jour tu te lèveras, père !

Aujourd'hui ma sœur a perdu un œil. Elle va probablement perdre l'autre. Ça pour moi c'est mal, Allah, même doublement mal. Les lunettes et les médicaments étaient à leur portée et ils ont préféré Te demander de la soigner, Toi ! De la guérir. Je les hais pour ça. Ceux qui veulent Te prendre en otage en hurlant de toutes leurs forces que Tu es le plus grand et qu'ils T'aiment par-dessus tout.

J'ai envie de leur dire : « Arrêtez de tourner autour de la Kaâba et tournez autour du monde. Tournez autour des autres, tournez autour de vous ! »

Pardon, Allah, c'est important de tourner autour de la Kaâba, mais Tu es d'accord que c'est moins important que plein d'autres trucs... Je ne vais pas comparer ce qui ne se compare pas mais quand tu as mal aux yeux ou que tu as un cancer, avant d'aller à la

Kaâba ou chez le fkih, il faut aller chez le docteur. Et ça marche pour plein d'autres trucs. Toutes les choses de la vie, d'ailleurs.

Je déteste la culpabilité et encore plus celle qu'on T'impose sous couvert de Toi le Glorieux, Toi le Miséricordieux, Toi le Grand. Jamais je ne Te culpabiliserai, Allah. Jamais. Moi je T'aime et pas parce que je Te crains. Parce que je T'aime, un point c'est tout. Sinon ce n'est pas de l'amour, c'est un contrat. Moi je T'aime. Je ne sais pas si je Te crains. Je ne sais pas si c'est vraiment important au fond. L'amour c'est mieux. Tu ne m'as jamais abandonnée. Ou un peu. Mais c'était pour que je trouve mon chemin toute seule. Je vais le chercher comme une grande.

Merci, Allah. Je suis épuisée, pardon, c'est décousu.

Je ne stagne pas. Je ne dis pas que j'ai choisi le meilleur chemin pour ne pas stagner mais je suis heureuse de voir que moi, je ne croirai jamais au cheveu du prophète dans une boîte dorée. Ce n'est pas un énorme pas, mais c'en est un quand même. C'est mon pas.

Je suis rentrée à Masmara. Je me prépare. Je pioche dans ma valise Dior. Je tombe sur moi dans le miroir, qu'est-ce que je suis belle ce soir ! J'avais un joli petit minois aussi à la base. Merci, Allah, pour ce joli petit minois que j'ignorais quand j'étais pauvre.

Les hommes me regardent. Dans les yeux mais pas seulement. Quand je me cambre, ils salivent, quand je pointe, ils avalent et quand j'acquiesce, on s'en va. Je me déhanche sur la barre et ils imaginent que c'est leur sexe. Alors de bas en haut je la caresse et de haut en bas ils me désirent. J'aime ça. À la maison, je ne peux pas m'empêcher de me regarder dans mon miroir rouillé, j'aime ce qu'il me renvoie. Je ne peux plus me passer d'être belle, j'ai envie de rattraper toutes ces années où l'on ne m'a pas vue. Je suis vraiment sublime ce soir. J'aime ça. C'est presque aussi bon que le Raïbi Jamila. Presque. Parce qu'il n'y a rien de meilleur au monde. À part ce que m'a fait Sidi Mohamed. Non, plutôt ex aequo.

Quelqu'un frappe à la porte. C'est bizarre. Je demande qui c'est. Un homme répond :
— Abdelatif.
J'ouvre. Je suis étonnée. Il est bien là. Mais pourquoi ? Je l'aime bien, Abdelatif, mais il fait partie de ma vie d'avant. De ma vie de bonne. De Jbara. Qu'est-ce qu'il peut bien me vouloir dans ma vie de Shéhérazade ?
Il a mis un costume. Il s'est rasé de près. Il n'est pas très à l'aise. Il me regarde, lui aussi il me trouve belle, ça se voit. Il m'a toujours trouvée belle. Même quand j'étais bonniche, il voyait sous mon foulard que j'avais de beaux traits et de beaux yeux et son regard de tous les jours m'a vachement donné confiance en moi. Pour ça je l'aime beaucoup, Abdelatif, c'est un type bien qui a tou-

jours été gentil avec moi. C'est le premier et je ne l'oublierai jamais. Sauf que là je dois sortir, il y a une grande soirée chez le cheikh.

— Bonsoir, Abdelatif.

— Bonsoir, Jbara, qu'est-ce que tu es belle ! J'éclate de rire et je lui demande :

— Qu'est-ce qui t'arrive... enfin, merci... mais qu'est-ce que tu fais là ?

Il a un sac dans la main, il sort quelque chose et me le tend. Je défais le papier journal et il commence :

— Je ne voulais pas venir avant d'avoir terminé de la payer. Je t'aime et je veux t'épouser, Jbara. Je m'en fiche de ce que tu fais ou de ce que tu as fait. Je veux te marier et Inch'Allah petit à petit on va construire une famille.

Tandis qu'il me parle, je découvre une magnifique ceinture en or, l'équivalent de votre bague de fiançailles. C'est très symbolique, la ceinture en or. Ça s'appelle « m'damma ».

— Abdelatif, je suis une pute. Tu mérites mieux que moi. Tu es quelqu'un de bien et moi je suis une pute, tu le sais.

— Pour moi c'est toi et tu n'es pas une pute. Ça a toujours été toi et je veux te rendre heureuse. Et puis Dieu pardonne à ceux qui se repentent.

Je suis en train d'assister à un épisode incroyable de ma vie. Un homme me regarde dans les yeux et me demande de devenir sa femme. Sa femme. Qui aurait cru ? Si Miloud me voyait, il n'en croirait pas ses yeux. J'ai fait du chemin, mon Dieu ! On vient de me dire *Je t'aime*. Avec de l'amour et tout... Et une ceinture en or...

Mais c'est Abdelatif le jardinier, et moi je suis la favorite d'un cheikh. Je ne peux pas y retourner. Je ne veux pas redescendre. Je ne peux pas. Je n'oublie pas que j'ai été une bonne mais je préfère ne pas me le rappeler. Et Abdelatif il me le rappelle trop. Et moi je ne suis pas amoureuse de lui. Je ne sais même pas ce que c'est, amoureuse. Je ne peux pas dire, en fait. Mais je ne crois pas.

— Abdelatif, je ne compte pas me repentir... Et pour Dieu, je verrai en temps voulu.

Je lui tends la ceinture. Il la reprend et n'en rajoute pas. Son costume est trop grand. La carrure est trop large et les épaulettes tombent. Le tissu brille, c'est de la mauvaise qualité. Un instant je me dis que je mérite mieux. C'est horrible, je sais, mais c'est ce que je me dis.

Je crois que c'est la première chose foncièrement mauvaise que je fais dans ma vie. C'est une très mauvaise pensée mais c'est la mienne. Je trouve que penser ça c'est pire que de faire la pute. J'espère qu'il n'a pas entendu ma pensée. Il se retourne et s'en va. J'ai été claire. Il n'espère plus rien, ça se voit.

— Au revoir, Jbara.

J'ai envie de hurler *Shéhérazade !* Mais il ne sait pas, le pauvre, que Jbara ce n'est plus moi.

— Au revoir, Abdelatif.

Et je finis de me maquiller, j'enfile ma minijupe, mon corset et mon fameux string à perles. Qui ne me fait plus mal désormais vu que je n'ai plus de poils. Les perles se frottent entre mes jambes et ça me met très vite dans l'ambiance. C'est le préféré du cheikh, je vais lui faire sa fête ce soir. Et lui prendre un maximum. D'ailleurs, il faut que je pense à l'avenir. Ça vient vite, l'avenir, et je dois voir loin. Mettre un peu plus de côté. Il faut que j'y pense.

La Mercedes klaxonne, je dévale les escaliers et je pars à la soirée.

Je penserai plus tard. À mon retour de la fête.

My dream is to fly over the rainbow so high ! My dream is to fly over the rainbow so high !

Je chantonne en anglais. Qui l'aurait cru ? Même pas moi.

Ce soir on va s'éclater, je le sens.

Le portail en or. Les Rolls en or. La villa en or. Et dedans les couilles en or. Ce soir je vais être un peu plus riche, j'aurai un bonus il paraît. Mais je vais devoir faire la totale. Ils ont invité des amis.

La fête bat son plein. Rien de vraiment nouveau. Ça danse partout, sur les tables, au bord de la piscine, sur les cheikhs, ça mange, ça boit, ça suce, le buffet est incroyable, l'orchestre est déchaîné, les filles aussi. Les cheikhs s'amusent.

Et puis tout bascule.

Des policiers envahissent la villa, sortent de partout. On court dans tous les sens, on hurle, on se cache mais on est faits comme des rats. Toutes les issues sont bouchées. Les cheikhs, eux, sont très calmes. L'argent ça apaise. Le mien prend le chef de la gendarmerie à part. Ils se serrent la main. Ouf, on va s'en sortir. J'ai eu chaud. Je savais qu'il ne me laisserait pas tomber mon cheikh, on ne laisse pas tomber sa femme, même de passage. C'est lui qui l'a dit. Et il me doit bien ça, je lui ai tout laissé faire quand même.

7 heures du matin, l'avion des cheikhs décolle. Sans nous. Nous, les putes, on va en prison. J'ai froid.

— Toi, Jbara Aït Goumbra, tu es condamnée à trois ans de prison ferme pour prostitution illégale.

Je suis une prisonnière. À Taria. Je suis une sans-droits. Je le savais mais là c'est officiel. On est vingt-cinq dans la cellule. Il y a de tout, des folles, des mendiantes, des camées et trois ou quatre gentilles. Je me mets dans un coin avec les sympas et on se raconte des trucs. On fait vite connaissance dans la merde.

On est toutes là pour la même chose mais on glisse un peu sur nos vies, on ne dit pas tout. En tout cas pas qu'on est des anciennes putes. Il y en a même une qui dit qu'elle est vierge. Impossible. Dans toute la cellule il n'y a pas une vierge, c'est sûr. Et même s'il y en avait une, elle se serait fait enculer par la vie alors c'est comme si...

Ma copine Latifa connaissait un ou deux versets du Coran et quand ça marchait moins bien pour elle à l'époque du Monte Casino, elle faisait genre qu'elle était pieuse. Elle répétait tout le temps :

— Prie pour celui qui a été injuste avec toi car il t'a fait du bien. Tu ne peux pas encore le savoir mais il t'a fait du bien et il s'est fait du mal.

D'accord, Allah, je vais prier pour le cheikh, je vais prier de toutes mes forces, du plus profond de moi, je vais prier au-delà de mes forces, prier jour et nuit, prier de toute mon âme pour que ce fils de pute meure d'une longue et pénible maladie, qu'il ne puisse plus contrôler son sphincter, qu'il ait des milliers de poils incarnés sous la peau, qu'il ait de l'eczéma purulent sur sa queue et le sida dans son cœur. Je vais prier pour qu'il ait mal comme j'ai mal et même si je n'aurai pas moins mal, lui il aura super-mal.

Comment veux-Tu, Allah, que l'on soit si sages et si purs ? Comment puis-je prier pour celui qui m'a chié dessus parce qu'il savait que j'avais besoin de son argent, en quoi cette injustice m'a-t-elle fait du bien ? J'ai beau chercher, non, je n'en garde qu'une odeur de merde indélébile sur ma peau qui me taquine à chaque fois que je vais mieux et qui m'oblige à me pchitter de mon parfum préféré même quand je sors du bain.

Non, Allah, je ne peux pas prier pour ceux qui m'ont fait du mal alors je ne vais pas le faire car même si je faisais semblant, Tu le saurais. Et je n'ai jamais fait semblant, je ne vois pas l'intérêt puisque Tu vois tout. Parfois j'aimerais pouvoir faire un accident mais ne pas mourir. Juste devenir amnésique. Et oublier tout ce qui est trop lourd. Ce qui ne me laisse jamais tranquille, ce qui m'empêche de respirer avec mes deux poumons et ce qui m'empêche de rire avec toutes mes dents.

Là je ne Te suis pas, Allah, impossible pour moi de prier pour eux. En plus je n'aurai jamais le temps, ils ont été tellement nombreux. Qu'ils aillent se faire foutre.

En fait, Allah, je crois que ce qui me fait le plus mal c'est de T'avoir infligé ça. Tu m'as vue faire et j'ai la nausée rien que d'y penser. Je ferme les yeux de honte. Mon corps a connu pas mal d'épreuves et je suis prête pour d'autres mais celle-ci est insurmontable. Alors c'est décidé, jamais je ne prierai pour Miloud, mon père, Abdelkrim, Brouno le représentant en aspirateurs, cheikh Mansour et les autres. Je vais prier pour ma pomme. Et encore.

Fait chier la vie, là.

Ça fait deux mois maintenant. Je n'ai pas prié depuis. Allah m'en veut, cette fois. Pas pour la prison. Parce que je n'ai pas su Le voir, ni L'entendre, encore moins L'écouter. Je me regardais trop et je n'ai pas vu qu'un homme voulait m'aimer. Simplement. Comme il faut. Avec de l'amour et des sentiments. Il n'a pas attendu pour me donner Son avis, le châtiment a été immédiat. C'était le soir même. Si ça ce n'est pas une preuve qu'Il existe...

Pardon, Allah.

Je sais que Tu es fâché contre moi et je Te demande pardon. J'ai fait un choix et c'était le mauvais. Je suis en prison. Logique jusque-là. Je ne me souviens pas de son regard, à Abdelatif, juste de ses épaulettes trop grandes. Je ne l'ai pas considéré ce soir-là parce que c'était un pauvre et que je voulais un riche. Maintenant je n'ai ni le riche ni le pauvre. Quand le néant s'adresse à l'infini, ça sonne occupé. Allah, réponds-moi, je T'en supplie.

Six mois ont passé. J'ai maigri. J'ai vieilli. J'ai aigri. Je ne parle plus avec Allah. Il ne veut plus. Peut-être dois-je un peu plus insister ?

Il y a une folle dans la cellule, elle s'appelle Zoubida et c'est une bagarreuse. Elle est vilaine à un point, c'est effrayant. J'évite toujours son regard car elle peut te gifler pour moins que ça.

Un soir, elle s'éclate les boutons face au petit miroir des chiottes. Elle a des millions de pustules sur la tronche et ils sont bien mûrs. Ensuite elle essuie le miroir avec sa main et elle recommence. Ça n'en finit pas.

— Tu sais, Zoubida, il y a un truc vachement bien contre les boutons sur le visage si
tu veux.

— Quoi ?

— Tu prends un piment vert, tu le coupes
en deux et tu le frottes sur ton visage avant
de dormir.

Elle me regarde comme si elle allait me
casser la gueule puis retourne à sa boucherie.

— Comment tu sais ? me demande ma
copine Bouchra.

— C'est Mouhfida Ben Abess de la radio.
Elle a dit ça et ça marche.

— Ah !

Il est 19 heures, on revient de la cantine,
on s'assoit chacune dans son coin et on se
met à papoter. Avant de dormir. On se dit
ce qu'on fera quand on sortira. Dans nos
rêves les plus fous, évidemment. Car on sait
très bien ce qu'on fera en sortant d'ici, on
reviendra. Moi, je veux du calme. Et des brebis. Et pas d'hommes. Ou peut-être que oui
mais pas tout de suite. Parce que...

— Aaahhahhahhaaaahhah ! Salope, j'vais
t'tuer !

C'est Zoubida. Des filles la retiennent. On
dirait que c'est à moi qu'elle en veut. Elle a
le visage tout rouge, les yeux qui pleurent et
le nez en sang. Oups, je crois qu'elle a fait
une mauvaise réaction. Les matonnes se pré-
cipitent vers la cellule et la retiennent.

— Salope c'est ta faute !

— Mais, Zoubida, fallait pas toucher tes yeux avec.

— Fallait m'le dire avant, sale pute !

Zoubida s'est calmée mais elle n'arrête pas de me menacer de loin. On se tient à carreau à cause des matonnes. Parfois, elles nous frappent. Je reste avec mes copines et on glousse en douce.

— Putain, heureusement qu'elle s'est pas gratté le cul...

Et là on éclate de rire. Je crois que c'est ça qui l'a le plus énervée, Zoubida.

Le lendemain, c'est mon jour de corvée. Je récure les chiottes, ma copine Bouchra nettoie les douches. On me tape sur l'épaule, je me retourne.

Après j'ai tout oublié. Je suis sur un lit à la clinique de la prison. Elle m'a massacrée. J'avais qu'à pas me moquer d'elle, elle a dit. Elle m'a cassé deux dents cette pute. Shéhérazade c'est définitivement terminé. Je profite de mon état pour tenter une prière. Je me dis qu'Allah n'aura pas le cœur de ne pas me répondre aujourd'hui. Tu m'as manqué, Allah. Je suis en prison et j'ai perdu deux dents comme Tu peux voir. Sinon rien de spécial, je suis là et on verra bien demain. Bonne nuit, Allah.

Plus que deux ans et demi. Rien d'extraordinaire. L'enfermement, la folie, la merde... C'est ici qu'on apprend à ne plus avoir rien à perdre. Certaines retrouvent le chemin de la foi, d'autres s'en écartent à jamais.

Tafafilt, ce n'était pas si mal. Mais c'est maintenant que je le sais.

En prison, je me suis rapprochée des animaux. Il y avait toujours des chats dans la cour. Maigres comme des tops models. Et maltraités aussi. Dans mon pays on n'aime pas les animaux. On leur dit toujours *sssppp !* en leur assénant un violent coup de pied au cul. Avant je faisais la même chose mais sans le coup de pied au cul.

Dans la cour de la prison, je donnais de l'eau aux chats et à leurs bébés et des restes, du pain, parfois même du lait, et quand il n'y avait rien, des caresses. Ils m'ont apaisée, les chats. En plus, il y avait une fille qui nous racontait des histoires sur le prophète, paix à son âme, et sur la religion. Elle savait lire, écrire et connaissait plein de choses. Une fois elle m'en a raconté une magnifique. C'était l'histoire d'une prostituée, à l'époque du prophète, paix à son âme, qui revenait de son travail et qui rencontrait un chien en train de dépérir sur le trottoir. Avec sa paye, elle était allée acheter de l'eau et de la viande pour nourrir le chien et ça allait mieux...

Moïse ou Abraham, je ne sais plus, demanda alors à Allah ce qu'il adviendrait de cette prostituée et Allah répondit que les portes du paradis lui seraient éternellement ouvertes car cette bonne action était la preuve d'un cœur pur.

Je vous jure que je me suis occupée des chats avant de connaître cette histoire. Je ne savais pas si elle était vraie ou fausse mais moi elle me plaisait et elle me parlait. Elle me réconfortait aussi. Ça peut vous paraître un peu débile mais je m'y accrochais comme un nouveau-né s'accroche au sein de sa mère. Et surtout, Allah, si telles sont Tes paroles, je me dis que rien n'est perdu pour moi et que ce sont les gens qui sont trop cons. Trop cons de penser que je ne représente que le mal et que donner du lait à un chat assoiffé, ça ne compte pas pour aller au paradis.

Mais j'ai vite laissé tomber la cause des chats, c'est peine perdue dans mon pays. Alors je ne me suis occupée que d'un chaton. Je l'ai appelé « l'mach », ça veut dire chat en arabe...

J'ai vieilli d'au moins dix ans. On dirait que j'ai 33 ans. Pourtant je n'en ai que 23. Je m'appelle de nouveau Jbara. Vous avez déjà vu une Shéhérazade sans dents ? Moi non plus. Tandis que pour une Jbara, c'est presque un luxe d'avoir des dents.

Je souris tellement je suis désespérée. Je souris tellement je ne sais pas où aller. Je souris tellement je n'arrive plus à pleurer. Droite ou gauche ? Devant moi il y a un mur. Je choisis la droite. Vous n'allez pas le croire, je tombe sur une gare. La gare routière. Je jure que je ne le savais pas. C'est un signe.

De qui ? Du conseil municipal qui a construit la gare routière de Taria à droite de la prison. Rien de plus.

Il faut que j'arrête de voir des signes d'Allah partout dans ma vie. Parce qu'après je me repose dessus et je ne fais qu'analyser ma vie au lieu de la vivre. De toute façon, je n'allais pas rester à Taria, c'est pourri comme ville.

On m'a rendu ma valise et 200 dimars. Ça fait bizarre. Ce n'est pas beaucoup. Il paraît qu'ils n'ont trouvé que ça dans ma piaule. En vrai j'avais au moins cent fois plus. Je prends le car pour Kablat. Je ne sais pas pourquoi Kablat mais comme on ne m'attend nulle part autant aller quelque part. Seulement, je n'ai pas assez pour le trajet entier. Je vais devoir descendre à Erchidia. J'aviserai.

C'est la pause de quinze minutes. Les voyageurs vont au café et moi c'est là que je dois descendre. En enfer. C'est horrible ce village, il n'y a rien. Je vais vers le chauffeur et je lui demande si je peux quand même aller jusqu'à Kablat. Il me dit non. Je lui fais un signe. Il me dit où ? Je dis derrière les poubelles là-bas. Il bande. Pas moi. On se retrouve derrière les poubelles là-bas. J'arrive avant lui, j'ai déjà relevé ma djellaba et baissé ma culotte. Je l'entends arriver à vingt mètres tellement il respire fort. Il s'enfonce dans moi et moi je m'arrache la peau autour des ongles.

Tandis qu'il me chevauche, un âne s'approche de nous. Il se poste pile poil devant moi et me regarde me faire baiser. Je n'avais pas prévu ça. C'est la première fois qu'un âne me regarde. Pourtant j'en ai fait des saloperies, et on m'a regardée. Mais cet âne, il me gêne. Il a un regard attendrissant, ce n'est pas le moment. Je lui dis de dégager mais il ne bouge pas. Il me fixe. L'autre me culbute sans y faire attention. Ce qui devait être la baise la plus rapide de mon histoire devient la plus longue et la plus terrifiante. C'est horrible un âne qui vous regarde vous faire prendre. Essayez. Vous verrez, c'est insoutenable.

Je descends à la gare routière de Kablat. Toutes les gares routières du pays se ressemblent, elles donnent toutes envie de repartir très vite. J'ai faim. Allah, je vais aller manger chez Toi, à la mosquée. On est vendredi, il y aura plein de bouffe. Et du couscous en plus.

Je ne dois plus garder cette valise. Je n'adore plus Dior de toute façon. Je la laisse sur un trottoir. Je n'aime pas les au revoir, autant que ça se fasse vite. Et bien. Comme mon bébé. Les chiens la déchiquèteront. Ou une autre fille adorera Dior. En plus on n'adore que Dieu dans la vie, alors c'est haram d'adorer Dior.

J'entre dans la mosquée. Une femme me saute dessus parce qu'une mèche de cheveux dépasse de mon foulard. Elle me dit que c'est haram et tire mon foulard sur mon front. Je ne vais pas aller manger direct, je vais aller faire ma prière quand même. J'en profiterai pour faire mes ablutions comme il faut et me décrasser. J'ai un peu oublié mais je vais faire comme les autres. Je vais me plier et bouger les lèvres.

Ça y est, j'y suis, je fais ma prière au milieu de ces femmes pieuses et qui ne font pas tout ce que je fais. Quoique au fond je n'en sais rien, peut-être qu'il y a une autre pute comme moi qui vient faire sa prière, peut-être même la vieille dans le coin là-bas. Peut-être même que toutes ont fait la pute un jour et qu'elles viennent Te demander pardon. Quelle garantie ce foulard ? Aucune. Pourquoi je serais la seule ?

Je croyais que ce serait dur. En fait la mémoire de mon corps dirige ma prière. Mon corps a été souillé mais pas sa mémoire, c'est une bonne nouvelle. Je retrouve un peu de Tafafilt, quand je priais derrière ma petite maman et ses gamelles puantes et que je Te demandais que quelque chose se passe dans ma vie. Tout revient naturellement, comme si c'était mon code génétique à moi, ces prières inlassablement récitées les seize premières années de ma vie. Comme si, malgré mes vilaines actions, elles me rattachaient à Toi pour l'éternité. Comme si rien ne pouvait me séparer de Toi, Allah, même pas mon métier d'avant. De tout à l'heure, je devrais dire.

Je me prosterne en même temps que les autres, me relève, m'agenouille, récite dans les temps, personne ne pourrait croire que... Je suis la même qu'elles à cet instant et c'est agréable parfois d'être comme tout le monde. En tout cas, c'est reposant.

On a terminé la prière. Ça fait du bien de dire on. L'imam commence son prêche, moi j'ai la dalle. Aujourd'hui, il parle des femmes et de leurs devoirs envers leurs maris, frères, fils, cousins, neveux, pères, grands-pères, arrière-grands-pères, petits-fils, arrière-petits-fils, beaux-frères, beaux-fils, cousins éloignés, cousins du troisième degré, etc. Mais quand même, il souligne que sans la bénédiction de la mère, les enfants, donc les hommes aussi, ne connaîtront jamais le bonheur sur terre ni le paradis céleste. Ouf, j'ai eu peur qu'on n'ait rien en retour. Seulement, il faut être mère... Je ne suis que femme... Vite, j'oublie.

— Dites à vos épouses d'abaisser un voile sur leur poitrine...

Quel rapport avec les cheveux ? Et pourquoi Allah Tu ne T'adresses pas à moi directement, pourquoi Tu dis « dites à vos épouses » ? Pourquoi Tu ne me dis pas « pour être une femme bien il faut t'habiller décemment » ? J'aime qu'on s'adresse à moi. Pourquoi nous les femmes on a besoin d'un intermédiaire, de quelqu'un qui nous dise comment on doit s'habiller, se comporter et évoluer ?

— Les femmes vertueuses sont obéissantes et soumises à leurs maris...

Allah, Tu souris n'est-ce pas ? Je sais. Je souris aussi. Il y a un truc qui ne tourne pas rond, un truc que je n'ose pas penser, un truc qui arrange tous les bonshommes de la terre mais qui ne me convient pas à moi, moi la femme. Obéissante et soumise. À Toi. Uniquement.

Je regarde autour de moi, espérant voir d'autres sourires, ou des moues ou des froncements de sourcils, mais non. Aucune des femmes ne sourit ou ne fronce les sourcils. Elles n'ont pas dû bien entendre. Elles doivent penser à leurs courses ou à leurs enfants qui n'ont pas mangé de viande depuis longtemps. Ça doit être ça. Ce n'est pas possible autrement.

Putain, qu'est-ce que j'ai faim !

En fait je sais, les hommes ont peur des femmes alors ils les voilent. Pour ne pas les voir. Pour les imaginer seulement. Les fantasmer. Les peindre. Ah ça oui, les hommes aiment nous peindre. Nous représenter. Mais pas nous voir pour de vrai.

Dans la villa du cheikh, à Masmara, il y avait plein de tableaux sur les murs et c'était toujours la même chose : des femmes allongées, les feignasses, souvent dénudées, les salopes, dans des poses lascives, les mollasses, et bien sûr avec l'œil coquin – les putes. Dans les magasins de Masmara, mes clients de Fronce aussi raffolaient de ces peintures. Ils marchandaient à mort pour en ramener une chez eux, dans leur deux-pièces-cuisine d'une banlieue grise que la belle Arabe peu farouche du tableau viendrait égayer.

Pourquoi personne n'a jamais peint une femme pauvre à genou avec une bite dans la bouche et de l'argent dans la main ? Ça, c'est ma réalité. Du moins ça l'a été. Je n'ai plus envie de faire ça, je vais me débrouiller autrement désormais. J'ai envie d'apprendre à lire. Et à écrire. Pour que les panneaux dans la rue, ce ne soit plus seulement des formes, pour que le journal, ce ne soit plus seulement des photos et pour que mon Saint Coran, Allah, ne me soit plus conté.

Je vais à la cuisine avec tous les autres pauvres. Comme prévu, il y a du couscous, de rigueur le vendredi dans les mosquées. Je suis toujours un peu jolie quand j'ai la bouche fermée alors je l'ouvre à peine. Ce n'est pas qu'il y a à draguer ici mais j'ai gardé de ma grande époque un côté coquet. L'odeur de la graisse de mouton me rappelle Tafafilt.

Mon père doit me haïr aujourd'hui. Plus de nouvelles de moi depuis trois ans, plus un centime. Je crois qu'il n'avait même pas fini de payer le groupe électrogène pour sa parabole. Tant mieux. En tout cas le poil de cul du fkih m'a vraiment porté la poisse. J'espère qu'il est mort celui-là.

La porte de la cuisine s'ouvre. Plusieurs hommes entourent l'imam. Ça fait très solennel. Un peu comme quand les cheikhs sont entrés dans la boîte. Tous les pauvres se lèvent. L'homme qui a conduit la prière vient les saluer et leur dire que tout va bien aller si Dieu le veut. Là encore, il Te culpabilise. Ça ne va pas mieux aller pour nous et ce sera encore Ta faute. Qu'est-ce que je n'aime pas ça ! Vraiment, ça me gonfle. Je trouve que Tu as été présent pour moi, le reste c'est mon business. J'ai eu des moments heureux et des moments malheureux mais je ne vois pas ce que Tu as à voir avec chacun d'eux. Ce sont mes moments. Tu m'as orientée parfois et laissé découvrir d'autres fois. Tu m'as corrigée parfois et pas corrigée d'autres fois. C'est comme ça que j'ai appris. De mes peines et de mes joies. Toi, Tu n'as rien à voir avec elles, Tu étais là pour m'écouter et Tu l'as fait.

Quand je pense à Toi, ma première sensation est celle d'un amour infini. Ni crainte.

Ni peur. En fait, je crains de Te décevoir. Ça, oui, ça me fait peur. Je T'ai déjà déçu et je le referai probablement. Mais j'essaierai de le faire moins, j'essaierai de m'améliorer, Allah. Avec Toi à mes côtés, j'ai l'impression d'être moins seule. Et pour une fille comme moi, ça compte vachement. Je sais que j'ai choisi le mauvais chemin parfois. Mais encore une fois c'est à moi que j'ai fait du mal. Jamais je ne T'ai offensé ni blasphémé. Alors je suis sereine. Aimer par crainte, ça ne vaut rien. Les hommes T'aiment parce qu'ils Te craignent, ils se tiennent à carreau par peur de l'enfer. Moi je T'aime parce que je suis heureuse de T'aimer. Et que ça m'apaise quand il fait noir. Et il fait souvent noir chez moi. Dedans je veux dire.

L'imam me regarde. Je baisse les yeux. Il dit une bénédiction du genre :

— Mangez le pain de Dieu dans sa maison, Il vous ouvrira les portes du paradis mais ne vous perdez pas dans le pré du péché...

Enfin, quelque chose comme ça. En parlant, il continue de me regarder. Moi. Il a une longue barbe teinte au henné, une paupière qui tombe et une mâchoire en tiroir-caisse. Il doit avoir 60 ans. Ou plus ou moins. La barbe cache tout. Peu importe, j'aimerais bien finir mon couscous, ça refroidit.

J'essuie la sauce avec du pain. Nous les pauvres on mange du pain avec tout, même avec des pommes de terre et même avec des bananes. J'aimerais bien en reprendre un peu mais je n'ose pas demander. Je ne dois pas être encore assez pauvre pour oser. Une femme s'approche de moi et me demande comment je m'appelle. Tout va très vite, je ne sais plus quoi dire. Je dis Khadija. Jbara c'est moche, Shéhérazade ça fait pute, Khadija c'était la femme du prophète, paix à son âme. C'est bien ça. Khadija, je m'appelle.

Je ne suis jamais à court d'idées pour défier la misère. Jamais je ne la laisserai gagner, cette salope qui s'empare de moi sans me consulter, cette misère qui rit de moi quand je suis à terre. Qui s'invite chez tout le monde en passant par la porte arrière. Mais moi je vais la briser avec ma tête désormais, mon corps est à court d'arguments.

Je me marie aujourd'hui. L'imam n'a que deux femmes et il a aimé mes yeux verts. En plus il fait une bonne action. Le seul problème c'est que je ne suis pas vierge et que sa mère veut voir le drap. Sa mère a 200 ans au moins. C'est une méchante. Une salope. Comme toutes les belles-mères de mon pays, la pire race. Avec elle ça ne va pas être simple. Je vais devoir l'éliminer avant qu'elle me pourrisse la vie. Elle me prend pour sa bonniche alors qu'elle n'est même pas riche.

Les belles-mères d'ici veulent des esclaves pour leurs fistons, qu'elles ont élevés comme des petits rois. Et surtout elles veulent se venger sur nous les belles-filles de leurs propres belles-mères, qui les ont fait chier toute leur vie aussi. Elles éduquent leurs fils comme des machos et leurs filles comme des bonniches. Tant mieux si son mari lui a mis des beignes, c'est la faute des mères tout ça. C'est un cercle sans fin. Je vais la baiser. Moi je ne suis pas une bonniche, je suis une pute. Elle va voir.

Bon, c'est l'heure, je dois aller coucher avec mon mari. Je suis aux toilettes, je me taillade l'avant-bras, fais couler le sang dans un petit sachet en plastique et mets un pansement. Je vais être vierge.

J'entre dans la chambre, mon immonde mari est sous les draps et ma connasse de belle-mère nous observe par le coin de la fenêtre. Elle croit que je ne la vois pas. Je baisse les stores sur sa gueule, j'espère lui avoir cassé le nez. Je fais semblant d'être un peu gênée, je prends mon temps pour me déshabiller, genre j'ai pas l'habitude, et je respire bruyamment. Il me caresse la tête pour que je me calme.

Ça marche. Il bande. J'ai un réflexe mais je m'arrête vite. J'allais mettre de la salive dans ma chatte, sauf que je ne suis pas censée savoir qu'on fait comme ça. J'ai mon petit sachet dans la main, je le presse fort au moment de la pénétration. C'est bon, je suis vierge. Et maintenant, j'ai un toit. C'est fini, mon mari se rhabille. Moi aussi. Et sa mère frappe à la porte pour récupérer le drap avec la tache de sang et youyouter dans toute la baraque avec ses copines. Salopes aussi.

— You you, you you !

C'est mon dernier jour de repos ce mariage. Demain direction cuisine avec elle. Je ne vais pas tenir longtemps ici mais l'hiver est rude dans le coin et je n'ai pas d'habits chauds.

Elle a toujours une clé accrochée à sa ceinture. C'est la clé des placards. Elle cache tout, du sucre à la vaisselle en passant par les dattes et le tissu. Tout dépend d'elle et donc moi aussi. Elle a des billets dans son soutif, dans ses chaussettes et même dans sa culotte, je suis sûre. Elle surveille tout, se mêle de tout, ne prie que quand son fils est là et pique dans la caisse des sadakka[1] qu'elle organise tous les week-ends. Mais comme moi aussi, je ne dis rien. Une vraie comédienne qui pleure et s'évanouit sur commande. Elle se frappe sur le torse comme font les fous de Dieu à la télé et se lamente sur son triste sort de belle-mère mal aimée. Et son fils chéri, la prunelle de ses yeux, la réconforte et tout le monde fait comme elle dit.

Il faut qu'elle meure vite. Pardon, Allah, de parler comme ça mais elle est insupportable et méchante. Tu as vu quand elle me bouscule, quand même ? Et comme elle m'insulte, aussi ? Elle fait sa pauvre vieille devant son fils ou quand on a des invités mais dans la

----

1. Acte de solidarité envers les pauvres (sous forme d'argent ou de dons en nature).

cuisine, c'est elle la pute. Elle a un cœur de pute. Moi je n'en ai que le cul.

Comment les hommes peuvent-ils autant aimer leurs mères et aussi peu leurs femmes ? Souvent ils disent « toutes des putes sauf ma mère ». Mais ils oublient, ces connards, qu'elles ont été des femmes avant d'être des mères. Donc des putes si on les écoute... En tout cas, ma belle-mère c'est sûr, ça a été une salope dans sa jeunesse, elle sait trop comment je fonctionne.

En plus elle m'empêche d'aller à mes cours d'écriture et de lecture. Elle a appris que dans la salle à côté de la mienne, c'est un homme qui donne les cours. Alors elle a fait une crise à son fiston. Pourtant c'est une association très bien et mon mari était d'accord en plus. Mais cette salope colporte partout que je parle avec des inconnus et avec ce professeur en particulier. N'importe quoi. Enfin, je lui parle, mais pour poser des questions. Pour savoir si le A et le C ça se prononce ak ou as. Des choses comme ça. Est-ce qu'on dit Selwa est allée à le coiffeur, chez le coiffeur ou au coiffeur ?

C'est un gentil monsieur. Il s'appelle Boualem et il se démène pour que son association s'agrandisse. Il a une patience infinie. Avec lui on n'a pas honte de ne pas savoir. Bon, c'est vrai, je n'ai pas dit à mon mari que la professeuse est un professeur, ça aurait été non tout de suite. Pourquoi, bon sang ? Je ne fais rien de mal ! Quand même, j'ai dû arrêter les cours. Mon mari m'a demandé de ménager sa pauvre mère. Mais il m'a promis que dans peu de temps, je les reprendrai.

En attendant, Boualem vient me donner en cachette une quinzaine de minutes de lecture et d'écriture trois fois par semaine, avec quelques exercices à faire à la maison. On s'assoit derrière un petit mur de ciment au coin de la rue d'Inezguane et moi je garde mon voile au cas où il faudrait s'échapper vite fait... Il me félicite pour ma volonté et me rassure à chaque fois en me répétant que je ne fais rien de mal. Il me trouve même des excuses intelligentes à donner à ma belle-mère pour justifier mon retard. Ça fait des mois que ça dure, des mois que je relis l'alphabet et que je mets des lettres ensemble. Parfois ça marche, ça fait des mots.

Un jour il m'a dit que dans un hadith du prophète, paix à son âme, il y avait écrit : « Une quête de savoir vaut une vie entière de prières. » Ça m'a réchauffé le cœur. Et ça m'a confortée dans l'idée que ma belle-mère est vraiment une petite personne à chercher du cul là où il n'y a qu'une incroyable envie d'apprendre. Vu qu'elle est très rusée, je continue de parler comme une blédarde devant elle, sinon elle soupçonnera quelque chose, mais moi je sens bien que j'évolue et que mon horizon s'agrandit. Parfois ça m'apaise et parfois je suis plus en colère que jamais. Avec les mots, je vois mieux.

Mais Boualem, je dois dire, me réconcilie un peu avec les hommes. Il me fait penser à Abdelatif et par certains côtés à mon mari. Seulement certains. Il a une femme adorable, elle s'appelle Faïza et elle s'occupe des filles-mères de l'association. Elle leur apprend à lire, à écrire, à coudre, à broder, à cuisiner. Et à s'occuper de leurs bébés. Moi si j'avais su que ça existait des associations comme ça, je jure que je n'aurais pas fait le truc, là. Tu le sais bien, Allah. J'aurais été une fille-mère dans un pays où l'on est soit l'un soit l'autre mais jamais les deux. Sinon c'est haram. À mort.

Un an a passé. Elle n'est toujours pas morte. Pourtant elle est vieille, elle bouffe comme quatre et pisse du sang parfois. Thé à la menthe, gâteaux sucrés, dattes, elle ne pourrait pas avoir du diabète ou un truc dans le genre ? Se casser la gueule dans les escaliers. Avoir une attaque cérébrale. Je Te donne juste quelques idées comme ça… Elle bousille ma vie, Allah. Qu'est-ce qu'on fait devant des obstacles pareils ? Pourquoi c'est si grave de souhaiter la mort de quelqu'un qui m'empêche de vivre ?

Elle me frappe maintenant, et m'insulte trop souvent, elle me fait des problèmes avec tout le monde. Chaque jour, je pleure. Il faut qu'elle disparaisse de ma vie et il n'y a que Toi qui puisses la faire mourir. Pourquoi Tu n'avances pas son heure d'un peu ? C'est haram de dire ça ? Ou c'est hchouma[1] ? Je ne sais plus ce qui est haram ou pas. Je ne sais plus faire la différence entre ce qui est péché et ce qui est honteux.

---

1. Honteux.

Et d'abord est-ce que j'ai jamais su ce que ça voulait dire, ce haram ? Ce qui est haram pour l'un ne l'est pas forcément pour l'autre. Comment se dépatouiller avec tout ça, Allah ? Je n'y peux rien, faire la pute ne m'a jamais semblé haram. Tout au plus hchouma. Vouloir que ma méchante belle-mère meure non plus. Je veux du silence, Allah. Je veux des brebis, Allah. Je veux la paix, Allah. S'il Te plaît, donne-moi un des trois. Je T'en supplie, Allah. Je suis fatiguée.

Un an a encore passé, je n'ai eu ni la paix, ni le silence, ni des brebis et pourtant j'étais à l'affût du moindre signe. Et je n'ai toujours pas repris mes cours, enfin je continue en cachette. Ma belle-mère m'use. Si cette femme va au paradis, alors je veux aller en enfer. J'ai baissé les bras. C'est la première fois de ma vie. Je fais mes prières comme convenu, Allah, mais aujourd'hui je récite. C'est ce qui me fait le plus de peine. Je récite, je ne Te parle plus. Elle a pris mon énergie et mes maigres espoirs. Je ne veux même plus sa mort, juste qu'elle se taise, qu'elle ne parle plus, qu'elle ne me voie plus.

Ce soir il y a des invités mais ce n'est pas moi qui ai cuisiné. Car j'ai mes règles. Et ce n'est pas moi qui ai servi non plus. Car je suis impure. C'est eux qui le disent. Impure. Mais moi je leur dis à ces connards qu'une femme n'est jamais impure, qu'ils sont tous sortis de nos vagins et que c'est grâce à ce sang qu'ils sont là à déblatérer leurs conneries au nom de Dieu. Je suis isolée dans une pièce parce que j'ai mes règles. C'est le comble. La prochaine fois, j'en mets dans leur bouffe. Chut.

Mon mari passe me voir de temps en temps pour me demander si je me sens bien, si je ne suis pas trop fatiguée, si je n'ai pas envie de vomir. Au moins... Mais quand même, impure une semaine par mois ça fait beaucoup. Je n'ai rien demandé, moi. Le pire c'est que jc n'ai pas le droit de prier quand je suis impure. Alors là, personne ne m'empêchera de Te parler, Allah, peu importe mon état. Ils se foutent un doigt dans l'œil.

C'est incroyable, Allah. Ce matin, ma belle-mère a fait une attaque. Elle est paralysée du côté gauche. Elle ne peut plus parler, ni bouger comme elle veut. Je vais avoir la paix et le silence. Deux sur trois, c'est énorme. Et je vais pouvoir retourner à l'association. C'est sûr que Tu m'aimes bien. Merci, Allah.

Je crois en Toi. Encore plus quand je sens que Tu crois en moi. Tu as été le seul.

Depuis que ma belle-mère est hors service, je vois mon mari. Pas parce qu'il est plus présent mais parce que je suis moins aveugle. Et je crois bien qu'il n'est pas mauvais mon mari. Il dit plein de conneries, me couvre un peu trop mais il n'a jamais levé la main sur moi et me parle gentiment, souvent. Depuis l'accident, parfois il passe dans la cuisine et me dit :

— Hum, ça sent bon.

C'est très bizarre de sa part. Avant il passait tout droit et allait prier ou regarder la chaîne coranique. Il me demande même mon avis sur certaines choses et, quand il n'est pas trop fatigué, il me raconte sa journée. Il n'est pas méchant, juste un peu con sur la religion. Par exemple, il ne serre pas la main aux femmes. Il dit qu'il faut imiter les faits et gestes du prophète Mohamed, paix à son âme. J'ai envie de lui répondre qu'il ferait mieux de commencer par les faits que par les gestes.

En prison, il y avait un livre qui se passait sous le manteau, ça s'appelait *Le Prophète et les femmes*. J'étais sur le cul. Je ne savais pas lire et mes copines non plus mais la fille qui avait été à l'école nous racontait combien le prophète, paix à son âme, était généreux et respectueux avec les femmes. Ça nous mettait du baume au cœur, ces histoires.

La mieux de toutes c'est qu'un jour, le prophète, paix à son âme, était resté vingt-sept jours et vingt-sept nuits sous la tente avec une de ses épouses, Maria la copte. À profiter l'un de l'autre, à se faire plaisir et à s'aimer. J'hallucinais. J'avais envie de pleurer. Il avait aussi dit que dans la vie, il y avait trois choses qu'il aimait par-dessus tout : « Les femmes, le parfum et la prière. » Il avait mis les femmes en premier et la prière en troisième. J'ai fini par pleurer. De bonheur.

Un jour peut-être j'oserai rappeler tout ça à mon mari. Mais ne précipitons rien.

Ce soir je fais quelque chose que je n'ai pas fait en deux ans de mariage. Nous sommes au lit avec mon mari, je prends son zizi entre mes mains et je joue avec. Il est surpris, d'habitude il me pénètre et on s'endort après. Mais là je le tords dans tous les sens, je le caresse et le serre. Je fais du bien à mon mari. Tout simplement.

Depuis l'accident je m'entends mieux avec les deux autres épouses aussi. Comme quoi, il suffit d'éliminer un maillon de la chaîne et tout va mieux.

Pourquoi je ne déciderais pas d'apprécier ce que j'ai pour l'instant ? Et d'être gentille avec mon mari ? C'est peut-être ça le message qu'Allah m'envoie. Me contenter de ce que j'ai. Et l'apprécier. Et dire « al hamdoulilah[1] », même si tout n'est pas encore là. Je vais commencer par aimer mon mari. Normalement il me le rendra. Je vais m'occuper de ma maison et de ma famille. C'est ce que je choisis de faire. Je vais arrêter de vouloir autre chose, je vais vouloir ce que j'ai. Peut-être que je serai heureuse comme ça.

---

1. À la grâce de Dieu.

Et c'est le cas, je suis heureuse en ce moment. En plus mon mari m'a offert deux nouvelles dents, je suis redevenue jolie. Je vous disais bien qu'il me le rendrait.

Merci, mon mari.

Je n'aurais jamais cru cela possible mais lui et moi sommes de plus en plus complices. Parfois il me demande mon avis et souvent mes réponses le font rire de bon cœur. Il dit que je suis farfelue et que ça le rafraîchit. Il en redemande, même si tout ça doit rester entre nous, à cause de son titre. Et moi j'ose de plus en plus lui dire ce que je pense. Ce que je pense vraiment, je veux dire. Sans tabous. Mais toujours avec respect. Il est quand même l'imam très respecté de Sidi Barzouk.

Sidi Barzouk, c'est où j'habite. C'est le quartier très pauvre de Kablat. J'habite la maison la plus décente du quartier et j'ai bien de la chance. Les autres maisons sont d'anciennes écuries infestées de rats et de cafards. Il y en a aussi chez nous mais beaucoup moins. Les femmes s'occupent tant bien que mal de leurs enfants et des gamelles et les jeunes hommes tiennent les murs avec leurs Mike[1] en plastok. Ils portent des Lakoste[2] mais même leurs crocodiles bandent mous à nos jeunes, ils ont la queue à l'envers.

---

1. Contrefaçon de Nike.
2. Contrefaçon de Lacoste.

Il n'y a pas d'espoir dans nos rues sans trottoirs. Dans ce labyrinthe sans issue, il y a juste des rats. Et la police parfois. Je vois ce spectacle désolant tous les jours quand je vais faire mes courses à l'épicerie. Moi, la femme de l'imam. À qui on offre des fruits et à qui on fait crédit.

Je hais mon voile mais là-dessous je peux pleurer en liberté. Pleurer cette misère à laquelle j'échappe de justesse mais que je côtoie malgré tout. Pleurer cette jeunesse qui me ressemble et qui serait la mienne si le destin ne m'avait portée ailleurs, pleurer ces regards vides qui n'attendent rien. Sauf peut-être qu'un jour vous arriviez à vous mettre à leur place pour comprendre que c'est insoutenable et qu'il faut faire quelque chose. Essayez. Juste une minute. Vous n'y arrivez pas ? Essayez encore. Je vais vous aider. Regardez comme c'est chiant d'attendre un bus en retard. Eh bien, imaginez que cette attente dure toute la vie. Vous n'y arrivez toujours pas ? Pourtant nous on arrive à imaginer votre vie. Facilement en plus.

Éradiquez les rats, éradiquez les bidonvilles et vous verrez comme les barbes rétréciront. Vous commencez toujours par la fin, c'est injuste.

Je suis révoltée, Allah. Je n'arrive pas à profiter de mon bonheur fragile au milieu de cette désolation. Mon voile ne m'empêche

pas de voir. Si seulement il servait à ça...
Mais même pas. Je suis en colère contre les
autres, ceux que j'ai fréquentés, les Blancs
et les riches qui ont laissé des traces en moi.
C'est simpliste ? Je vous emmerde ! Faites
attention quand vous viendrez vous dépay-
ser dans notre pays que vous achetez pour
une bouchée de couscous, on sera là, nous
les microbes, pour vous servir un faux-filet
bien bleu. Il paraît que les riches aiment la
viande saignante. On va vous en servir
comme il faut. La vie est sacrée chez vous,
chez nous c'est la mort qui l'est. On a raté
notre arrivée, alors on prend soin de notre
départ.

Qu'est-ce qui me prend, Allah, de parler
comme ça ? J'étais partie pour acheter du
céleri et me voilà sur la liste des volontaires
au grand voyage. Je suis folle ou quoi ? Mon
Dieu, ça va vite, je ne me suis même pas
vue venir.

— Trois branches de céleri s'il vous plaît !
Pourtant je ne suis pas de celles qui veulent mourir. Encore moins de celles qui pen-
sent que tuer les autres ça me fera mieux
vivre. C'est vrai que parfois c'est tentant. Et
j'ai toujours cédé à la tentation, Tu le sais
bien. Mais je m'en suis sortie toute ma vie
en réfléchissant avec mon corps puis avec
ma tête. Je ne vais pas tout gâcher maintenant.

J'ai une question aussi mais pas pour Toi,
Allah, pour les autres, ils se reconnaîtront.

Est-ce que si je devenais martyre, j'aurais moi aussi soixante-douze puceaux avec une queue toute neuve au paradis ?

C'était juste une question comme ça. Rien d'important. Vous ne savez pas ? Rien n'est écrit à ce sujet ? Ah...

— Et deux bouquets de kasbour[1]. Et un Raïbi Jamila.

------

1. Persil.

Merde à la fin, ce voile me fait chier ! Je me prends les pattes dedans à chaque pas ! En plus, avec mes gants noirs j'ai du mal à chercher mes pièces dans mon porte-monnaie. Ça fait plus de deux ans que je suis totalement recouverte de noir et ça commence à bien faire. D'accord, mon mari est imam mais au départ je ne comptais pas rester si longtemps. Et puis voilà, je me suis attachée à lui et maintenant je suis prisonnière de ce voile.

Ça a trop duré. J'en ai marre. Je vais lui dire que je compte l'enlever. Simplement. Il va me dégommer c'est sûr, mais j'ai mes arguments et il m'écoute en général. Peut-être pas l'enlever entièrement mais au moins les mains et le visage. Comment j'ai pu accepter ce déguisement aussi longtemps ? Moi, Jbara Aït Goumbra ! Moi, Shéhérazade du Monte Casino ! Moi, Khadija au prénom plein de promesses...

Ils disent qu'il faut cacher ses ornements afin que l'homme n'ait pas de pensées inavouables. C'est écrit comme ça et ça n'a l'air de déranger personne. C'est lui qui a des pensées inavouables et c'est moi qui dois me cacher. Ça n'a pas de sens. De quel droit je deviendrais l'otage d'un homme qui ne sait pas se contrôler ? C'est à l'homme de s'éduquer, ce n'est pas à moi de me cacher. Et s'il ne veut pas s'éduquer, je n'ai qu'un conseil : la douche froide. Je ne vois rien d'autre pour soulager vos pensées inavouables, messieurs. Mais moi laissez-moi tranquille, moi et mes ornements, moi et mes cheveux, moi et ma chasteté ! Si des chevilles vous font bander, il est grand temps d'aller consulter.

Pas moi. Vous.

Pour troubles avancés de la kékette.

C'est une punition divine ce zizi, ma parole !

Mon voile est sur mon cœur, Allah, je suis Ton éternelle servante et je Te serai reconnaissante toute ma vie car avec Toi elle a pris un sens. Un sens qui n'était pas prévu, en tout cas un sens que je ne soupçonnais pas quand je mourais à Tafafilt. Tu as été mon plus fidèle allié pendant ces années grises.

Merci, Allah.

— Khadija ! Khadija ! Vite !

Je cours dans ma maison, je me débarrasse de mon rideau et découvre mon mari allongé par terre les yeux fermés. Il a fait une crise cardiaque. J'attendrai un peu pour ma requête. Je dois m'occuper de lui. Je suis bouleversée.

Mon mari est alité, il est très faible mais parvient encore à parler. Je ne peux pas croire qu'il risque de partir avant sa mère. Ce serait le comble.

Il veut ma présence plutôt que celle des deux autres. Elles s'en foutent, ça leur fait plus de temps pour broder.

Je lui donne à manger et lui fais sa toilette comme à un bébé. Mais ce qu'il me demande le plus, ce sont mes chansons. Pas forcément des versets coraniques. Juste des airs qui lui caressent les oreilles. Ses oreilles pleines de versets et de sourates, de hadiths et de sunna réclament désormais des chansons d'amour et d'amants, de plaisir et de sensualité, de baisers et de caresses. Les chansons haram et hchouma que j'écoute à la radio et qui rendent ma vie plus belle.

C'est mon mari après tout, je fais ce que je veux avec lui. Et c'est lui qui demande. Il cligne des yeux et sourit quand c'est un peu osé. Parfois aussi je lui récite des sourates avec mes mélodies à moi, je lui parle d'Allah en la la la et du prophète Mahomet en ré ré ré. Je mélange tout ça et ça l'apaise.

Un soir, il a réussi à me dire en ménageant son souffle :

— Tu iras au paradis, Khadija, car tu as fait de ma mort le moment le plus vivant de mon existence.

Ces mots résonneront en moi toute ma vie. Une larme a coulé sur ma joue. Je l'ai essuyée avec ma langue. Elle était très salée.

Il y a des moments comme ça, Allah, qui me donnent de la force et me font avancer vers Toi.

Il a fermé les yeux, j'ai déposé un baiser sur sa bouche et puis j'ai récité la prière du mort. Amine.

Allah, je ne Te demanderai jamais pourquoi Tu laisses mourir les petits Africains, moi ! Cette question n'a pas de sens. C'est nous qui faisons les mauvais choix. C'est pour ça qu'ils meurent les petits Africains. J'ai fait un mauvais choix et on m'a fait pipi dessus. Mais même du pipi, j'ai appris.

J'ai fait la pute parce que je l'ai choisi. Je ne me repens pas. Sauf si Tu me le demandes, là je le ferai. Mais aucun homme sur terre n'obtiendra de moi un repentir. Jamais. C'est à moi que j'ai fait du mal. À personne d'autre. Ma vie est mon djihad[1]. J'apprends qui je suis. C'est ma richesse. Ma conquête à moi. Apprendre qui on est est le plus court chemin vers Toi. Le mien a été sinueux mais je Te dis merci.

Allah, je refuse que Tu sois un Dieu bouche-trou, que Tu sois la réponse à toutes mes questions et spécialement la réponse à mes ignorances. Sinon, ça fait de moi une

1. Guerre sainte.

conne. Et je ne suis pas une conne. Sauf des fois, c'est vrai...

Croire en Toi Allah n'est pas une évidence, mais plutôt un combat. Un combat difficile même, comme celui que les bonnes mènent contre la poussière. Ce n'est jamais gagné. Et il est éternel. Réciter inlassablement les mêmes prières ne m'a pas forcément rapprochée de Toi, Te rendre grâce à heures fixes non plus. Ce qui a rendu ma détresse plus supportable c'est Ta présence, quand au plus bas je Te disais : Allah, dis-moi que ça va aller mieux pour moi, fais clignoter une étoile pour me dire oui, s'il Te plaît. Et Tu faisais clignoter l'étoile...

J'interdis à quiconque de me dire que ce sont mes yeux qui clignaient car je les ai bien vues ces étoiles en prison, et elles clignotaient ! Ce qui anime ma foi c'est de T'aimer. T'aimer m'a permis de m'aimer et m'aimer m'a permis d'aimer.

Le bien et le mal n'existent pas. Tu es bien trop subtil pour ça.

Allah, Tu n'es que nuances et c'est pour ça que je T'aime.

9933

Composition
NORD COMPO

Achevé d'imprimer en Espagne
par BLACKPRINT CPI IBERICA
le 11 mars 2012.
Dépôt légal mars 2012.
EAN 9782290054550

ÉDITIONS J'AI LU
87, quai Panhard-et-Levassor, 75013 Paris

Diffusion France et étranger : Flammarion